Título original: *The Nameless City*
copyright © Editora Lafonte Ltda. 2022

Todos os direitos reservados.
Nenhuma parte deste livro pode ser reproduzida por quaisquer meios existentes sem autorização por escrito dos editores.

Direção Editorial **Ethel Santaella**

REALIZAÇÃO

GrandeUrsa Comunicação

Direção Denise Gianoglio
Tradução Victória Pimentel
Revisão Luciana Maria Sanches
Capa, Projeto Gráfico e Diagramação Idée Arte e Comunicação

Dados Internacionais de Catalogação na Publicação (CIP)
(Câmara Brasileira do Livro, SP, Brasil)

```
Lovecraft, H. P., 1890-1937
   A cidade sem nome : e outros contos de terror /
H. P. Lovecraft ; tradução Victória Pimentel. --
São Paulo : Lafonte, 2022.

   Título original: The nameless city
   ISBN 978-65-5870-311-2

   1. Ficção norte-americana I. Título.

22-136533                                    CDD-813
```

Índices para catálogo sistemático:

1. Ficção : Literatura norte-americana   813

Henrique Ribeiro Soares - Bibliotecário - CRB-8/9314

Editora Lafonte
Av. Profª Ida Kolb, 551, Casa Verde, CEP 02518-000, São Paulo-SP, Brasil – Tel.: (+55) 11 3855-2100
Atendimento ao leitor (+55) 11 3855-2216 / 11 3855-2213 – atendimento@editoralafonte.com.br
Venda de livros avulsos (+55) 11 3855-2216 – vendas@editoralafonte.com.br
Venda de livros no atacado (+55) 11 3855-2275 – atacado@escala.com.br

A CIDADE
SEM NOME

E OUTROS CONTOS DE TERROR

Tradução
Victória Pimentel

Brasil, 2022

Lafonte

I	A CIDADE SEM NOME	6
II	CELEPHAÏS	24
III	DO ALÉM	34
IV	FATOS SOBRE O FALECIDO ARTHUR JERMYN E SUA FAMÍLIA	46
V	O POVO MUITO ANTIGO	60
VI	HERBERT WEST, REANIMADOR	70
VII	HIPNOS	112
VIII	O MODELO DE PICKMAN	124
IX	O FESTIVAL	142
X	A CASA TEMIDA	156

Ao me aproximar da cidade sem nome, soube que ela era amaldiçoada. Eu viajava sob o luar, por um vale seco e terrível, e à distância a vi se projetando estranhamente sobre a areia como partes de um cadáver erguido de uma cova malfeita. O medo falava por meio das pedras desgastadas pelo tempo dessa velha sobrevivente do dilúvio, essa bisavó da mais antiga das pirâmides; e uma aura invisível me repelia e me ordenava a recuar para longe dos segredos antigos e sinistros que homem algum deveria ver e nenhum outro se atrevera a testemunhar...

Isolada no deserto da Arábia fica a cidade sem nome, em ruínas e silenciosa, com seus muros baixos quase ocultos pelas areias de eras incontáveis. Assim deve ter sido antes que as primeiras pedras de Mênfis fossem assentadas e quando os tijolos da Babilônia ainda não haviam sido cozidos. Não há lenda tão antiga que a nomeie ou que relembre que sequer esteve viva, mas se fala sobre ela em sussurros ao redor de fogueiras e murmúrios de anciãs nas tendas de xeiques, de modo que todas as tribos a evitam sem saber completamente o porquê. Foi com esse lugar que Abdul Alhazred, o poeta louco, sonhou na noite anterior ao dia em que cantou seu inexplicável dístico:

> NÃO ESTÁ MORTO O QUE PODE ETERNAMENTE
> JAZER, E, EM ÉONS ESTRANHOS, ATÉ MESMO A
> MORTE PODE MORRER.

Eu deveria ter percebido que os árabes tinham um bom motivo para evitar a cidade sem nome, a cidade mencionada em histórias estranhas, embora jamais tenha sido vista por nenhum homem vivo; ainda assim os desafiei e avancei no deserto inexplorado com meu camelo. Estava sozinho quando a vi, por isso nenhum rosto carrega marcas tão horríveis de terror como o meu; por isso nenhum homem estremece tão terrivelmente como eu quando o vento noturno chacoalha as janelas. Quando me deparei com ela na quietude sinistra do sono infinito, a cidade sem nome olhou para mim, gélida sob os raios de uma lua fria em meio ao calor do deserto. E, enquanto retribuía o seu olhar, eu me esqueci do triunfo por encontrá-la, e me detive com meu camelo a esperar o amanhecer.

Aguardei por horas, até que o Leste ficasse cinza e as estrelas desaparecessem, e até que o cinza se transformasse numa luz rosada com contornos dourados. Ouvi uma lamentação e observei uma tempestade de areia se agitando entre as pedras antigas, embora o céu estivesse limpo e as vastas extensões desérticas se mantivessem calmas. Então, de repente, sobre a borda distante do deserto, surgiu o contorno flamejante do sol, o qual podia ser visto através da pequena tempestade de areia que esmorecia; e, em meu estado febril, imaginei que de alguma profundeza remota emergia o estrondo de uma música metálica para saudar o disco ardente como Mêmnon o saúda das margens do Nilo. Meus ouvidos ressoavam e minha imaginação fervilhava enquanto eu conduzia meu camelo lentamente pela areia em direção àquele lugar sem voz; àquele lugar antigo demais para que o Egito ou Meroé se lembrassem; àquele lugar que, entre todos os homens vivos, somente eu vi.

Vaguei por dentro e por fora, entre as fundações disformes de casas e lugares, sem encontrar entalhes ou inscrições que contassem sobre os homens — se é que eram homens — que haviam construído essa cidade e a habitado tanto tempo atrás. A antiguidade do local era doentia, e ansiei por encontrar algum sinal ou instrumento que provasse que fora de fato modelado pela humanidade. Havia certas proporções e dimensões nas ruínas que não me agradavam. Trazia comigo muitas ferramentas e escavei bastante as paredes dos edifícios destruídos; mas o progresso era lento, e nada significativo foi revelado. Quando a noite e a lua retornaram, senti um vento frio que trouxe consigo um medo renovado, de modo que não me atrevi a permanecer na cidade. E enquanto me afastava dos antigos muros para dormir, uma pequena tempestade de areia suspirante emergiu atrás de mim, soprando pelas pedras acinzentadas, embora a lua brilhasse e a maior parte do deserto estivesse imóvel.

Bem ao amanhecer, despertei de um cortejo de sonhos horríveis, meus ouvidos ressoando em consequência de algum repique metálico. Vi o sol ascendendo através das últimas rajadas da tempestade de areia que pairava sobre a cidade sem nome, e observei a quietude do restante da paisagem. Mais uma vez, aventurei-me para o interior daquelas ruínas inquietantes que se elevavam sob a areia como um ogro sob uma colcha, e novamente escavei em vão em busca de relíquias de uma raça esquecida. Ao meio-dia, descansei, e, à tarde, passei muito tempo rastreando as paredes e ruas de antigamente, e os contornos de prédios quase desvanecidos. Notei que a cidade fora de fato poderosa, e imaginei quais teriam sido as fontes de sua grandeza. Imaginei todos os esplendores de uma era tão distante da qual Caldeia não poderia se lembrar, e pensei em Sarnath, a Amaldiçoada, que ficava nas terras de Mnar quando a raça humana era jovem, e em Ib, que fora esculpida em pedras acinzentadas antes que a humanidade sequer existisse.

De repente, deparei-me com um lugar onde o leito rochoso se elevava desolado através da areia e formava um penhasco baixo; vi com alegria o que parecia prometer futuros vestígios do povo antediluviano. Entalhadas rudemente na face do penhasco estavam as fachadas inconfundíveis de diversas casas ou templos, pequenos e rasteiros, cujos interiores poderiam preservar muitos segredos de eras remotas demais para que fossem calculadas, embora tempestades de areia tivessem há muito apagado quaisquer inscrições que pudessem ter decorado seu exterior.

    Muito baixas e cheias de areia eram todas as aberturas obscuras próximas a mim, mas as desobstruí com minha pá e rastejei por elas, carregando uma tocha para revelar quaisquer mistérios que o lugar pudesse guardar. Quando estava lá dentro, vi que, na verdade, a caverna era um templo e contemplei sinais claros da raça que ali havia vivido e cultuado antes que o deserto fosse um deserto. Altares primitivos, colunas e nichos, todos curiosamente baixos, não faltavam; e, embora não tenha visto esculturas ou afrescos, havia muitas pedras singulares claramente moldadas em símbolos por meios artificiais. A baixa altura da câmara escavada era muito esquisita, pois eu mal conseguia me erguer sobre os joelhos; no entanto, a área era tão grande que minha tocha revelava apenas parte dela por vez. Estremeci estranhamente em alguns dos cantos mais distantes, pois certos altares e pedras sugeriam ritos esquecidos de natureza terrível, revoltante e inexplicável e me fizeram imaginar que espécie de homem poderia ter construído e frequentado um templo como aquele. Quando já tinha visto tudo o que aquele lugar continha, rastejei de volta para fora, ávido por descobrir o que os templos poderiam revelar.

    A noite se aproximava, entretanto, as coisas tangíveis que eu tinha descoberto fizeram da curiosidade algo mais forte do que o medo, de modo que não fugi das longas sombras projetadas pelo luar que haviam me desencorajado na primeira vez em que vi a cidade sem nome. No crepúsculo, desobstruí outra abertura e, com uma nova tocha, engatinhei para dentro, encontrando mais pedras e símbolos vagos, embora nada mais definido do que o outro templo apresentava. O espaço era tão baixo quanto o anterior, mas muito menor, terminando em uma passagem bastante estreita cheia de santuários obscuros e enigmáticos.

Eu os observava com muita curiosidade quando o som do vento e de meu camelo, lá fora, irromperam na quietude e me obrigaram a sair para ver o que poderia ter assustado o animal.

    A lua brilhava intensamente sobre as ruínas primitivas, iluminando uma densa nuvem de areia que parecia ser soprada por um vento forte, mas decrescente, de algum ponto do penhasco adiante. Eu sabia que era esse vento frio e arenoso que havia perturbado o camelo e estava prestes a conduzi-lo para algum lugar que melhor o abrigasse quando arrisquei olhar para cima e vi que não havia vento nenhum no topo do penhasco. Isso me espantou e me fez ter medo outra vez, porém imediatamente me lembrei dos ventos locais repentinos que tinha visto e ouvido antes, ao amanhecer e no pôr do sol, e julguei que fosse algo normal. Imaginei que vinha de alguma fissura nas rochas que levava a uma caverna, e observei a areia turbulenta para rastrear sua origem, logo percebendo que vinha de um orifício escuro de um templo a longa distância ao sul de onde eu estava, quase fora de vista. Contra a nuvem de areia sufocante, caminhei vagarosamente em direção a esse templo que, conforme eu me aproximava, revelava-se maior do que o restante e apresentava um portal bem menos obstruído pela areia compactada. Eu teria entrado se a força extraordinária do vento gelado não tivesse quase apagado a minha tocha. Ele fluía loucamente para fora da porta obscura, suspirando de forma sinistra enquanto agitava a areia e se espalhava entre as bizarras ruínas. Logo se tornou mais fraco, e a areia foi ficando mais e mais calma, até que, por fim, tudo estava em repouso outra vez; no entanto, uma presença parecia espreitar entre as pedras espectrais da cidade, e quando olhei para a lua, ela parecia tremer como se estivesse sendo refletida em águas inquietas. Eu estava com mais medo do que poderia explicar, mas não o suficiente para atenuar minha sede por surpresas; então, assim que o vento esvaneceu, atravessei a porta para dentro da câmara obscura de onde ele soprara.

Esse templo, como tinha imaginado do lado de fora, era maior do que qualquer um dos dois que eu visitara antes; e presumivelmente era uma caverna natural, já que conduzia ventos de alguma região além. Ali eu conseguia ficar bem ereto, mas vi que as pedras e os altares eram tão baixos como os dos outros templos. Nas paredes e no teto, contemplei pela primeira vez alguns vestígios de arte pictórica da antiga raça, curiosas linhas onduladas de tinta que já haviam quase desaparecido ou desintegrado; e em dois dos altares vi, com crescente animação, um labirinto de entalhes curvilíneos bem-feitos. Enquanto segurava minha tocha no alto, pareceu-me que o formato do teto era regular demais para ser natural, e imaginei em que os escultores de pedra pré-históricos tinham trabalhado primeiro. A habilidade de engenharia devia ter sido enorme.

Então uma labareda mais brilhante da chama fantástica revelou a forma pela qual eu estava procurando, a abertura para aqueles abismos mais remotos de onde o vento repentino havia soprado; e fraquejei quando vi que se tratava de uma porta pequena e claramente artificial escavada na rocha sólida. Enfiei minha tocha para dentro, contemplando um túnel negro com o teto formando um arco baixo sobre um lance irregular de pequeninos degraus descendentes, numerosos e íngremes. Sempre verei aqueles degraus em meus sonhos, pois acabei descobrindo o que eles significavam. Naquele momento, eu mal podia saber se devia chamá-los de degraus ou de meros apoios para os pés em uma descida acentuada. Minha mente rodopiava com pensamentos desvairados, e as palavras e avisos de profetas árabes pareciam flutuar pelo deserto, vindos de terras que os homens conheciam rumo à cidade sem nome que não ousariam conhecer. Entretanto, hesitei por um momento antes de avançar pelo portal e começar a descer com cuidado a passagem de degraus, avançando primeiro com os pés, como se estivesse em uma escada de mão.

A CIDADE SEM NOME

Apenas nas terríveis ilusões das drogas ou dos delírios outro homem poderia experimentar uma descida como a minha. A passagem estreita conduzia infinitamente para baixo, como algum poço assombrado de maneira horrível; e a tocha que eu segurava acima da minha cabeça não conseguia iluminar as desconhecidas profundezas em direção às quais estava me arrastando. Perdi a noção do tempo e esqueci de consultar meu relógio, embora estivesse amedrontado quando pensei na distância que devia estar percorrendo. Houve mudanças de direção e inclinação; e, em dado momento, cheguei a uma longa e baixa passagem de nível em que precisei me contorcer, com meus pés à frente, ao longo do piso rochoso, segurando a tocha com o braço estendido acima da cabeça. O local não era alto o suficiente para se ajoelhar. Depois disso, houve mais degraus íngremes, e eu ainda descia interminavelmente quando a tocha com a chama já enfraquecida se apagou. Acho que não notei isso no momento, pois, quando percebi o fato, ainda a erguia como se estivesse acesa. Estava bastante perturbado com aquele impulso pelo estranho e pelo desconhecido que havia me transformado em um andarilho sobre a terra e um frequentador de locais distantes, antigos e proibidos.

Ali, na escuridão, reluziram diante de minha mente fragmentos do meu estimado tesouro de saberes demoníacos; frases de Alhazred, o árabe louco, parágrafos dos pesadelos apócrifos de Damáscio e linhas infames do delirante *L'Image du Monde*, de Gauthier de Metz. Repetia estranhos trechos e murmurei sobre Afrassíabe e os demônios que flutuavam com ele pelo Oxo abaixo; mais tarde, entoava de novo e de novo uma frase de um dos contos do Lord Dunsany — *A Silenciosa Escuridão do Abismo (The unreverberate blackness of the abyss)*. Em dado momento, quando a descida se tornou surpreendentemente acentuada, recitei, cantarolando, algo de Thomas Moore, até que temi continuar a recitar:

Um poço de escuridão negro
Como são os caldeirões das bruxas quando cheios
De drogas lunares destiladas no eclipse.
Inclinando-me para ver se os pés podem avançar
No fundo daquele abismo, eu vi, lá embaixo,
Até onde a visão poderia explorar,
As faces negras lisas como vidro,
Como se fossem envernizadas
Por aquele piche obscuro que o Trono da Morte
Lança sobre sua margem pegajosa.

O tempo havia deixado de existir quando meus pés sentiram outra vez o nível do chão, e me encontrei em um lugar ligeiramente mais alto do que os cômodos nos dois templos menores, que agora estavam de modo tão incalculável acima da minha cabeça. Não conseguia ficar de pé, mas podia ajoelhar e manter o corpo ereto, e no escuro me arrastei e rastejei para lá e para cá aleatoriamente. Logo percebi que estava em uma passagem estreita, cujas paredes eram revestidas com caixas de madeira com a frente de vidro. Naquele lugar paleozoico e terrível, toquei em coisas como madeira polida e vidro, e estremeci diante das possíveis implicações. Ao que parecia, as caixas estavam organizadas ao longo de cada lado da passagem, a intervalos regulares, e eram alongadas e horizontais, parecidas com caixões de um modo medonho no que dizia respeito a formato e tamanho. Quando tentei mover duas ou três para analisar melhor, descobri que estavam firmemente presas.

Percebi que a passagem era longa, então cambaleei adiante rapidamente em uma corrida rastejante que teria parecido horrível se algum olhar tivesse me observado na escuridão; vez ou outra, cruzando de lado a lado para reconhecer as minhas adjacências e me certificar de que as paredes e fileiras de caixas continuavam a se estender. O homem está tão acostumado a pensar visualmente que quase me esqueci da escuridão, e imaginei o corredor infinito de madeira e vidro em sua monotonia de vigas baixas como se eu o estivesse vendo. E então, em um momento de emoção indescritível, eu o vi.

Exatamente quando minha imaginação se fundiu com a visão real, não sei dizer; mas adiante surgiu um brilho gradual, e de repente soube que via os contornos fracos de um corredor e das caixas, revelados por alguma fosforescência subterrânea desconhecida. Por algum tempo, tudo era precisamente como eu tinha imaginado, já que o brilho era muito tênue; porém, enquanto continuava a tropeçar mecanicamente para a frente, em direção à luz mais forte, percebi que minha imaginação não tinha sido nada além de débil. Esse corredor não era uma relíquia grosseira como os templos na cidade acima, e sim um monumento da arte mais magnífica e exótica. Ricos desenhos e figuras, vívidos e ousadamente fantásticos, formavam um esquema contínuo de murais cujas linhas e cores iam além da descrição. As caixas eram feitas de uma estranha madeira dourada, com frentes de vidro requintadas, e continham as formas mumificadas de criaturas tão grotescas quanto nos mais caóticos sonhos humanos.

Exprimir qualquer ideia sobre essas monstruosidades é impossível. Elas se assemelhavam aos répteis, e seus contornos corporais sugeriam às vezes um crocodilo, às vezes uma foca, mas com mais frequência não lembravam nada de que um naturalista ou paleontólogo já tivesse ouvido falar. Tinham o tamanho aproximado de um homem pequeno, e suas pernas dianteiras apresentavam pés delicados e evidentemente flexíveis, semelhantes às mãos e dedos humanos de maneira curiosa. Mais estranha do que tudo, porém, era a cabeça, cujo formato violava todos os princípios biológicos conhecidos. Tais seres a nada podem ser comparados — em um instante, pensei em comparações tão variadas como um gato, uma rã-touro, o mítico Sátiro e o ser humano. Nem o próprio Júpiter possuíra uma testa tão colossal e protuberante, e os chifres, a ausência de nariz e a mandíbula como a de um jacaré posicionavam os seres além de todas as categorias preestabelecidas. Por um tempo, deliberei sobre a realidade das múmias, quase suspeitando de que eram ídolos artificiais; mas logo decidi que eram de fato espécies paleógenas que haviam vivido quando a cidade sem nome estava viva. Para coroar seu aspecto grotesco, a maior parte estava maravilhosamente vestida com o mais suntuoso de todos os tecidos e luxuosamente enfeitada com ornamentos de ouro, joias e metais brilhantes desconhecidos.

A importância dessas criaturas rastejantes deve ter sido enorme, pois ocupavam a posição principal entre os desenhos selvagens nas paredes e no teto cobertos por afrescos. Com habilidade incomparável, o artista os havia desenhado em um mundo próprio, em que possuíam cidades e jardins planejados para combinar com suas dimensões; e não pude evitar pensar que sua história retratada era alegórica, exibindo talvez o progresso da raça que os idolatrava. Essas criaturas, disse para mim mesmo, eram para os homens da cidade sem nome o que a loba era para Roma, ou o que o totem de uma fera era para uma tribo de indígenas.

Atendo-me a essa visão, eu poderia traçar rudemente um maravilhoso épico sobre a cidade sem nome; o conto de uma poderosa metrópole litorânea que dominou o mundo antes que a África ascendesse das ondas e de suas batalhas enquanto o mar recuava para longe e o deserto surgia aos poucos sobre o vale fértil que o sustentava. Vi suas guerras e triunfos, suas dificuldades e derrotas, e mais tarde sua terrível luta contra o deserto, quando milhares de seres nativos — aqui representados alegoricamente por répteis grotescos — eram levados a escavar seu caminho para baixo, através das rochas, de alguma maneira esplêndida, para outro mundo prenunciado pelos seus profetas. Era tudo vividamente bizarro e realista, e sua conexão com a incrível descida que eu percorrera era indiscutível. Até mesmo reconheci as passagens.

**A CIDADE
SEM NOME**

    Enquanto rastejava ao longo do corredor em direção à luz mais brilhante, observei os estágios seguintes do épico pintado — o êxodo da raça que havia vivido na cidade sem nome e no vale ao redor por dez milhões de anos; a raça cujas almas relutaram em abandonar locais que o corpo conhecia há tanto tempo, onde haviam se estabelecido como nômades na juventude da Terra, talhando na rocha virgem aqueles santuários primitivos que jamais pararam de venerar. Agora que a luz melhorara, estudei as figuras com mais atenção e, recordando que os estranhos répteis deveriam representar os homens desconhecidos, refleti sobre os costumes da cidade sem nome. Muitas coisas eram peculiares e inexplicáveis. A civilização, que incluía um alfabeto escrito, ao que parece tinha ascendido a uma ordem superior do que as do Egito e da Caldeia, imensuravelmente posteriores, embora houvesse curiosas omissões. Eu não conseguia encontrar, por exemplo, nenhuma figura que representasse as mortes ou os hábitos funerários, exceto aqueles relacionados a guerras, violência e pragas; e me perguntei sobre a aparente reticência a respeito da morte natural. Era como se um ideal de imortalidade terrena fosse adotado como uma ilusão encorajadora.

    Ainda mais próximo do fim da passagem estavam pintadas cenas extremamente pitorescas e extravagantes: visões contrastadas da cidade sem nome em sua deserção e crescente ruína, e do novo e estranho reino do paraíso em direção ao qual a raça havia escavado seu caminho através das pedras. Nessas visões, a cidade e o vale do deserto eram representados sempre sob o luar, a auréola dourada pairando sobre os muros tombados e quase revelando a esplêndida perfeição dos tempos anteriores, desenhados de modo espectral e elusivo pelo artista. As cenas paradisíacas eram quase extravagantes demais para que fosse possível acreditar nelas, retratando um mundo oculto de dia eterno repleto de cidades gloriosas, colinas e vales etéreos. Ao final, pensei ter visto sinais de um anticlímax artístico. As pinturas se tornaram menos habilidosas, e muito mais bizarras do que a mais louca das cenas precedentes. Pareciam retratar uma vagarosa decadência da antiga linhagem, com uma crescente ferocidade em relação ao mundo exterior do qual foi expulsa pelo deserto. As formas das pessoas — sempre representadas pelos répteis sagrados — pareciam estar gradualmente esmorecendo, embora o espírito, que era retratado pairando sobre as ruínas ao luar, aumentasse em proporção. Sacerdotes macilentos, expostos como répteis vestidos de mantos ornamentados, amaldiçoavam o ar superior e todos aqueles que o respiravam; e uma terrível cena final apresentava um homem de aspecto primitivo, talvez um pioneiro da antiga Irem, a Cidade dos Pilares, destruído pelos membros da raça mais velha. Recordo-me de como os árabes temiam a cidade sem nome, e fiquei contente que, além daquele ponto, as paredes e o teto acinzentados estivessem vazios.

Ao observar o desfile de histórias no mural, eu me aproximei muito da extremidade do corredor de pé-direito baixo, e estava ciente da existência de um portão pelo qual escapava toda aquela fosforescência luminosa. Rastejando por ele, gritei muito alto ao ser tomado por um assombro transcendente em função do que jazia além; pois, em vez de outras câmaras, mais brilhantes, havia apenas um vazio ilimitado de luminosidade uniforme, como aquela que alguém poderia imaginar ao olhar para baixo do topo do Monte Everest sobre um mar de névoa iluminada pelo sol. Às minhas costas, havia uma passagem tão apertada que eu não conseguia ficar de pé; à minha frente, havia uma infinidade de brilho subterrâneo.

Descendo da passagem em direção ao abismo, havia o topo de um lance íngreme de degraus — pequenos e numerosos como aqueles da passagem obscura que eu havia percorrido — mas, depois de alguns passos, os vapores brilhantes encobriam tudo. Escancarada contra a parede à esquerda da passagem havia uma enorme porta de bronze, incrivelmente grossa e decorada com baixos-relevos fantásticos, que poderia, caso estivesse fechada, bloquear todo o mundo interior de luz das criptas e passagens de rocha. Olhei para os degraus e, no momento, não ousei avançar sobre eles. Toquei a porta de bronze aberta, mas não pude movê-la. Então desabei no chão de pedra, minha mente incendiada com reflexões prodigiosas que nem mesmo uma exaustão mortal poderia afastar.

Enquanto estava parado, com os olhos fechados, livre para refletir, muitas coisas que eu notara de modo ligeiro nos afrescos retornaram à minha mente com um significado novo e terrível — cenas que representavam a cidade sem nome em seu apogeu — a vegetação do vale ao redor e as terras distantes com as quais os comerciantes negociavam. A alegoria das criaturas rastejantes me intrigara por sua proeminência universal. Nos afrescos, a cidade sem nome havia sido retratada em proporções adequadas às dos répteis. Eu me perguntei quais teriam sido suas reais proporções e magnificência, e refleti por um momento sobre certas excentricidades que tinha percebido nas ruínas. Pensei com curiosidade sobre quão baixos eram os templos primitivos e o corredor subterrâneo, que sem dúvida haviam sido escavados assim em respeito às divindades répteis ali honradas; embora tenham necessariamente obrigado os adoradores a rastejar. Talvez os próprios ritos dali envolvessem rastejar como imitação às criaturas. Nenhuma teoria religiosa, porém, poderia explicar com facilidade por que as passagens de nível naquela descida impressionante eram tão baixas quanto os templos — ou ainda mais baixas, já que não era sequer possível se ajoelhar. Enquanto pensava nas criaturas rastejantes, cujas hediondas formas mumificadas estavam tão perto de mim, senti uma nova vibração de medo. Associações mentais são curiosas, e me encolhi com a ideia de que, exceto pela do pobre homem primitivo despedaçado na última pintura, a minha era a única forma humana em meio às muitas relíquias e símbolos da vida primordial.

Mas como sempre em minha existência estranha e errante, a fascinação logo afugentou o medo; pois o abismo luminoso e o que ele poderia conter apresentaram um problema digno do maior explorador. Que um estranho mundo de mistério jazia distante, abaixo daquele lance de degraus peculiarmente pequenos, eu não podia duvidar, e esperei encontrar ali aqueles memoriais humanos que o corredor pintado falhara em me fornecer. Os afrescos haviam retratado cidades inacreditáveis e vales neste reino inferior, e minha imaginação se deteve nas ruínas ricas e colossais que aguardavam por mim.

Meus temores, na verdade, diziam respeito muito mais ao passado do que ao futuro. Nem mesmo o horror físico da minha posição naquele corredor apertado de répteis mortos e afrescos antediluvianos, quilômetros abaixo do mundo que eu conhecia, e diante de um mundo de luz e névoa sobrenaturais, poderia se igualar ao pavor letal que senti diante da antiguidade abismal da cena e de sua alma. Uma antiguidade tão enorme que seria ineficaz tentar mensurar parecia espreitar das pedras primitivas e dos templos escavados em rochas da cidade sem nome, enquanto o último dos mapas impressionantes nos afrescos retratava oceanos e continentes que o homem havia esquecido, com contornos vagamente familiares apenas aqui e ali. Sobre o que aconteceu nas eras geológicas desde que as pinturas se interromperam e a raça que odiava a morte sucumbira ressentidamente ao declínio, nenhum homem pode dizer. A vida uma vez fervilhara nessas cavernas e no reino luminoso adiante; agora eu estava sozinho com essas vívidas relíquias, e estremeci ao pensar nas incontáveis eras em que estas haviam mantido uma vigília silenciosa e deserta.

De repente veio outra explosão daquele temor agudo que havia intermitentemente me tomado desde quando vira sob o luar aquele terrível vale e a cidade sem nome pela primeira vez; e, apesar da minha exaustão, encontrei-me tentando assumir de modo frenético uma postura sentada, enquanto olhava para trás,

A CIDADE SEM NOME

ao longo do corredor obscuro em direção aos túneis que se elevavam para o mundo exterior. Minhas sensações eram como aquelas que me haviam feito evitar a cidade sem nome durante a noite, e eram tão inexplicáveis quanto pungentes. No momento seguinte, porém, tive um choque ainda maior na forma de um som definido — o primeiro que havia quebrado o completo silêncio dessas profundidades como as das tumbas. Era um lamento baixo e grave, como uma multidão distante de espíritos condenados, e vinha da direção que eu contemplava. Seu volume cresceu com rapidez, até que logo reverberou devidamente pela passagem baixa, e ao mesmo tempo percebi uma corrente crescente de ar velho fluindo dos túneis e da cidade acima. O toque desse ar pareceu restaurar o meu equilíbrio, pois eu imediatamente me recordei das rajadas repentinas que se elevavam ao redor da boca do abismo em cada pôr do sol e amanhecer, um dos quais até mesmo revelara os túneis ocultos para mim. Olhei para o meu relógio e vi que o nascer do sol estava próximo, então preparando-me para resistir ao vendaval que soprava em direção à caverna que era seu lar, como havia soprado para fora no início da noite. Meu temor diminuiu outra vez, já que um fenômeno natural tende a dispersar as cismas em relação ao desconhecido.

Cada vez mais intensamente fluía o vento noturno que lamentava e gritava em direção ao abismo do interior da terra. Caí de bruços outra vez, e me agarrei ao chão em vão, com medo de ser fisicamente varrido pelo portão aberto para dentro do abismo fosforescente. Não esperava tal fúria, e à medida que me conscientizava de um deslizamento real da minha forma em direção ao abismo, fui assaltado por mil novos terrores de apreensão e imaginação. A malignidade do sopro despertou fantasias incríveis; mais uma vez me comparei, estremecendo, à única imagem humana naquele corredor medonho, o homem que fora despedaçado pela raça sem nome, pois no agarrar demoníaco das correntes em espiral parecia residir uma raiva vingativa muito mais forte, porque era em grande parte impotente. Acredito que tenha gritado freneticamente próximo ao fim — estava quase louco — mas se o fiz, meus berros se perderam em meio à babel infernal das assombrações dos ventos uivantes. Tentei rastejar contra a invisível corrente assassina, porém não consegui nem me segurar enquanto era empurrado vagarosa e inexoravelmente em direção ao mundo desconhecido. Por fim, a razão deve ter desabado por completo, pois me vi balbuciando de novo e de novo aquele inexplicável dístico do árabe louco Alhazred, que sonhou com a cidade sem nome:

> NÃO ESTÁ MORTO O QUE PODE ETERNAMENTE
> JAZER, E EM ÉONS ESTRANHOS, ATÉ MESMO A
> MORTE PODE MORRER.

Apenas os nefastos e ameaçadores deuses do deserto sabem o que realmente se passou — quais lutas e batalhas indescritíveis na escuridão suportei ou como Abadom me guiou de volta à vida, durante a qual devo sempre me lembrar e estremecer com o vento noturno até que o esquecimento — ou pior — venha me reivindicar. Monstruosa, anormal, colossal era a coisa — muito além de todas as concepções do homem em que se pode acreditar exceto nas silenciosas e perversas primeiras horas da manhã quando não se consegue dormir.

Disse que a fúria da rajada impetuosa era infernal — demoníaca — e que suas vozes eram hediondas, com a crueldade contida de eternidades desoladas. Naquele momento, essas vozes, embora ainda caóticas à minha frente, pareciam para o meu cérebro pulsante obter uma forma articulada às minhas costas; e lá embaixo, no túmulo de inumeráveis antiguidades extintas há eras, quilômetros abaixo do mundo dos homens iluminado pelo amanhecer, ouvi o praguejar e o grunhido horrorosos de demônios de línguas estranhas. Ao me virar, enxerguei delineado contra o éter luminoso do abismo aquilo que não podia ser visto contra a poeira do corredor — uma horda digna de pesadelos de demônios impetuosos; distorcidos pelo ódio, grotescamente vestidos com armaduras, demônios quase transparentes de uma raça que nenhum homem confundiria — os répteis rastejantes da cidade sem nome.

 E enquanto o vento diminuía, eu mergulhava na escuridão de demônios reunidos das entranhas da terra; pois, depois da última das criaturas, a enorme porta de bronze se fechou, ressoando com um repique de música metálica ensurdecedor, cujas reverberações se avolumaram para o mundo distante para saudar o sol nascente como Mêmnon o saúda das margens do Nilo.

Em um sonho, Kuranes viu a cidade no vale, e o litoral além, e o pico nevado que dava para o mar, e as galés vistosamente pintadas que velejavam para fora do porto em direção às regiões distantes onde o mar encontra o céu. Foi em um sonho também que ele recebeu o nome de Kuranes, pois quando estava acordado era chamado de outra forma.

Talvez fosse natural para ele sonhar um novo nome; pois era o último de sua família, e sozinho entre os milhões indiferentes que viviam em Londres, então não havia muitas pessoas que falassem com ele e que o lembrassem de quem tinha sido. Seu dinheiro e suas terras se foram, e ele não se importava com os modos das pessoas em torno de si, mas preferia sonhar e escrever sobre seus sonhos. As pessoas para quem ele mostrava os escritos riam. Então, depois de um tempo, guardava os textos para si mesmo, até que finalmente parou de escrever.

Quanto mais se afastava do mundo ao redor, mais maravilhosos se tornavam seus sonhos; e teria sido bastante inútil tentar descrevê-los no papel. Kuranes não era moderno, e não pensava como os outros escritores. Enquanto eles se esforçavam para despir da vida seus mantos bordados de mito e para exibir na feiura nua a coisa imunda que é a realidade, Kuranes procurava apenas a beleza. Quando a verdade e a experiência falharam em revelá-la, ele a procurou na imaginação e na ilusão, e a encontrou à própria porta, entre memórias nebulosas de contos e sonhos da infância.

Não há muitas pessoas que saibam quais maravilhas lhes são reveladas nas histórias e visões da juventude; pois, quando crianças, nós escutamos e sonhamos, nós mal formamos pensamentos, e, quando homens, tentamos nos lembrar, sentimo-nos entorpecidos e banais com o veneno da vida. No entanto, alguns de nós acordam à noite com estranhos fantasmas de colinas e jardins encantados, de fontes que cantam sob o sol, de penhascos dourados suspensos sobre mares murmurantes, de planícies que se estendem abaixo até cidades de bronze e de pedra, e de companhias sombrias de heróis que cavalgam cavalos brancos adornados à beira de florestas densas; e então sabemos que teríamos olhado para trás através de portões de marfim para aquele mundo de maravilhas que era nosso antes de sermos sábios e infelizes.

Kuranes chegou muito repentinamente ao seu velho mundo da infância. Ele vinha sonhando com a casa em que nascera; a grande casa de pedra coberta de heras, onde treze gerações de seus antepassados haviam vivido, e onde ele havia esperado morrer. A lua brilhava, e ele saíra silenciosamente para a noite de verão perfumada, cruzando os jardins, descendo os terraços, passando pelos grandes carvalhos do parque e ao longo da extensa estrada branca para o povoado. O vilarejo parecia ser muito antigo, carcomido em suas margens como a lua que começava a minguar, e Kuranes se perguntou se os tetos pontiagudos das pequenas casas escondiam o sono ou a morte. Nas ruas, a grama crescia alta, e as vidraças das janelas em ambos os lados estavam quebradas ou encaravam de maneira peculiar. Kuranes não se deteve, mas caminhou devagar, como se estivesse sendo convocado em direção a um destino. Ele não ousou desobedecer aos chamados por temer que estes poderiam se provar uma ilusão como eram os desejos e aspirações da vida desperta, que não conduzem a nenhum objetivo. Então ele foi atraído por uma travessa que levava das ruas da cidade aos penhascos do canal, e chegou ao fim das coisas, ao precipício e ao abismo onde todo o vilarejo e todo o mundo caíam abruptamente no vazio silencioso da infinidade, e onde até mesmo o céu estava vazio e não era iluminado pela lua decadente e

A CIDADE SEM NOME

pelas estrelas vigilantes. A fé o havia encorajado, sobre o abismo e para dentro do golfo, onde tinha flutuado para baixo, para baixo, para baixo; passando por sonhos obscuros, disformes e jamais sonhados, por esferas um tanto brilhantes que poderiam ter sido sonhos parcialmente sonhados, e por criaturas aladas e risonhas que pareciam zombar dos sonhadores de todos os mundos. Então, uma fenda pareceu se abrir na escuridão diante dele, e ele viu a cidade do vale, brilhando radiante bem lá embaixo, contra um plano de fundo de mar e céu, e uma montanha coberta de neve perto da costa.

Kuranes tinha despertado no exato momento em que contemplou a cidade, embora soubesse, por seu breve relance, que não era outra senão Celephaïs, no vale de Ooth-Nargai, além das colinas tanarianas, onde seu espírito havia habitado por toda a eternidade de uma hora em uma tarde de verão muito tempo atrás, quando havia fugido de sua governanta e deixara a brisa quente do mar lhe embalar o sono enquanto observava as nuvens do penhasco perto do vilarejo. Ele havia protestado quando o encontraram, acordaram-no e o carregaram para casa, porque bem quando o despertaram, ele estava prestes a velejar em uma galé dourada para aquelas regiões encantadoras onde o mar encontrava o céu. E agora estava igualmente ressentido por acordar, pois tinha encontrado sua fabulosa cidade depois de penosos quarenta anos.

No entanto, três noites depois, Kuranes voltou a Celephaïs. Assim como antes, ele primeiro sonhou com o vilarejo que estava adormecido ou morto, e com o abismo dentro do qual se deve flutuar em silêncio; então a fenda apareceu outra vez, e ele contemplou os minaretes brilhantes da cidade, e viu as graciosas galés ancoradas no porto azul, e observou as árvores de gingko do Monte Aran balançando com a brisa do mar. Mas desta vez ele não foi acordado, e como um ser alado, aos poucos se acomodou sobre uma encosta gramada até que seus pés por fim descansaram gentilmente sobre a relva. Ele de fato tinha voltado ao vale de Ooth-Nargai e à esplêndida cidade de Celephaïs.

Colina abaixo, entre as gramíneas perfumadas e as flores brilhantes Kuranes andou, sobre o borbulhante Naraxa na pequena ponte de madeira onde havia entalhado seu nome há muitos anos, e através do arvoredo murmurante até a grande ponte de pedra próxima ao portão da cidade. Tudo era como antigamente, as muralhas de mármore não estavam descoloridas, e as estátuas de bronze sobre elas continuavam polidas. E Kuranes viu que não precisava tremer com medo de que as coisas que conhecia desaparecessem; pois as sentinelas nas muralhas eram as mesmas, e eram ainda tão jovens como ele se lembrava. Quando entrou na cidade, passando pelos portões de bronze e sobre as calçadas de ônix, os mercadores e os cameleiros o cumprimentaram como se ele nunca tivesse ido embora; e aconteceu o mesmo no templo turquesa de Nath-Horthath, onde os sacerdotes com coroas de orquídeas lhe disseram que não existia tempo em Ooth-Nargai, somente a juventude perpétua. Então Kuranes caminhou pela Rua dos Pilares até o muro que dava para o oceano, onde se reuniam comerciantes e marinheiros, e homens estranhos das regiões em que o mar encontra o céu. Ali ele permaneceu por muito tempo, admirando além do porto brilhante onde as pequenas ondas brilhavam sob um sol desconhecido, e onde as galés de lugares distantes flutuavam de suavemente sobre a água. E contemplou também o Monte Aran se erguendo majestosamente do litoral, as encostas inferiores verdejantes com árvores balançando e o topo branco que tocava o céu.

Mais do que nunca, Kuranes queria velejar em uma galé para os lugares distantes sobre os quais tinha ouvido tantas lendas estranhas, e procurou novamente o capitão que, há tanto tempo, havia concordado em transportá-lo. Encontrou o homem, Athib, sentado na mesma caixa de especiarias em que havia se sentado antes, e Athib parecia não perceber que tempo algum tinha

**A CIDADE
SEM NOME**

passado. Então os dois remaram até uma galé no porto, e, dando ordens aos remadores, começaram a velejar para o ondulante Mar Cerenariano, que conduzia ao céu. Por diversos dias, eles deslizaram ondulantemente sobre a água, até que enfim chegaram ao horizonte, onde o mar encontra o céu. Ali a galé não parou de maneira alguma, flutuou com tranquilidade no azul do céu entre nuvens felpudas tingidas de rosa. E muito abaixo da quilha, Kuranes podia ver terras estranhas e rios e cidades de beleza suprema, espalhadas indolentemente no brilho do sol, que parecia nunca enfraquecer ou desaparecer. Por fim, Athib lhe disse que a viagem estava prestes a acabar, e que eles logo entrariam no porto de Serannian, a cidade de mármore rosa das nuvens, construída naquela costa etérea onde o vento do oeste flui em direção ao céu; mas, assim que a mais alta das torres entalhadas da cidade apareceu, ouviu-se um som em algum lugar do espaço, e Kuranes acordou em seu sótão em Londres.

Por muitos meses depois daquela ocasião, Kuranes procurou em vão pela maravilhosa cidade de Celephaïs e suas galés destinadas aos céus; e, embora seus sonhos o conduzissem para muitos lugares deslumbrantes e desconhecidos, ninguém com quem ele se deparava sabia dizer como encontrar Ooth-Nargai além das colinas tanarianas. Certa noite, ele sobrevoou montanhas escuras em que havia fogueiras fracas e solitárias distantes umas das outras, e estranhos rebanhos peludos com sinos tilintantes em seus líderes; e na área mais selvagem dessa terra montanhosa, tão remota que poucos homens sequer poderiam tê-la visto, ele encontrou uma muralha ou estrada elevada horrivelmente antiga que ziguezagueava ao longo de cumes e vales; gigante demais para ter sido erguida por mãos humanas, e de tal extensão que nenhuma das extremidades podia ser vista. Além daquela muralha na aurora cinzenta, ele chegou a uma terra de jardins pitorescos e cerejeiras, e quando o sol nasceu, contemplou uma beleza tão intensa de flores vermelhas e brancas, folhagens e gramados verdejantes, caminhos brancos, riachos de diamantes, pequenos lagos azuis, pontes entalhadas e templos de telhado vermelho, que por um momento esqueceu Celephaïs em absoluto deleite. Porém se lembrou dela novamente quando desceu por uma estrada branca em direção ao templo de telhado vermelho, e teria perguntado às pessoas dessa terra sobre a cidade, se não tivesse descoberto que não havia pessoas ali, apenas pássaros, abelhas e borboletas. Em outra noite, Kuranes subiu infinitamente por uma úmida escada de pedra em espiral, e chegou à janela de uma torre que dava para uma imensa planície e um rio iluminados pela lua cheia; e na cidade silenciosa que se estendia além da margem do rio, ele pensou contemplar alguma característica ou configuração familiar. Teria descido e perguntado o caminho para Ooth-Nargai se uma aurora assustadora não tivesse crepitado em algum lugar remoto além do horizonte, revelando a ruína e a antiguidade do lugar, a estagnação do rio juncoso e a morte que jazia sobre aquela terra, como jazia desde que o Rei Kynaratholis retornara para casa de suas conquistas para se deparar com a vingança dos deuses.

Então, Kuranes procurou inutilmente pela magnífica cidade de Celephaïs e suas galés que velejam para Serannian no céu, vendo, enquanto isso, muitas maravilhas e certa vez escapando por pouco do Sumo Sacerdote que não deve ser descrito, o qual vestia uma máscara de seda amarela sobre o rosto e vivia sozinho em um monastério pré-histórico de pedra no planalto frio e deserto de Leng. Com o tempo, ele ficou tão impaciente com os intervalos sombrios do dia, que começou a comprar drogas a para ampliar os períodos de sono. O haxixe o ajudou bastante e certa vez o transportou para uma parte do espaço em que a forma não existe, mas onde gases brilhantes estudam os segredos da existência. E um gás de coloração violeta lhe disse que essa parte do espaço estava fora do que ele chamara de infinitude. O gás não tinha ouvido falar de planetas e organismos antes, e identificou Kuranes simplesmente como alguém originário da infinitude onde matéria, energia, e gravitação existiam. Kuranes agora estava muito ansioso para retornar à cidade repleta de minaretes de Celephaïs, e aumentou a dosagem de drogas; mas, por fim, não tinha mais dinheiro e não podia mais comprá-las. Então, em um dia de verão, foi despejado de seu sótão e vagou ao acaso pelas ruas, deixando-se levar ao longo de uma ponte até um lugar onde as casas se tornavam cada vez mais estreitas. E foi ali que a realização aconteceu, e ele encontrou o cortejo de cavaleiros vindos de Celephaïs para levá-lo de volta para lá para sempre.

Belos cavaleiros eram eles, montando cavalos ruanos e trajando armaduras brilhantes com tabardos de tecidos dourados curiosamente estampados. Eram tão numerosos que Kuranes quase os confundiu com um exército, mas eles tinham sido enviados em sua honra; uma vez que fora ele quem criara Ooth-Nargai nos sonhos, foi nomeado como seu principal deus para todo o sempre. Então eles deram um cavalo para Kuranes e o posicionaram à frente do cortejo, e todos cavalgaram majestosamente pelas chapadas de Surrey e adiante, em direção à região onde Kuranes e seus ancestrais haviam nascido. Era muito estranho, mas, enquanto os cavaleiros prosseguiam, pareciam galopar de volta no tempo, pois sempre que passavam por um vilarejo no crepúsculo, viam apenas casas e aldeões como Chaucer ou homens antes dele devem ter visto, e, às vezes, vislumbravam cavaleiros a cavalo com pequenos grupos de criados. Quando escureceu, eles viajaram mais rapidamente, e logo estavam voando misteriosamente como se cavalgassem no ar. No escuro amanhecer, chegaram ao vilarejo que Kuranes vira repleto de vida na infância, e adormecido ou morto nos sonhos. O povoado estava vivo agora, e os aldeões que haviam madrugado faziam reverências quando os cavaleiros trovoavam rua abaixo e viravam na travessa que conduzia ao abismo dos sonhos.

Kuranes havia entrado previamente no abismo apenas à noite, e imaginou como seria durante o dia; então observou com ansiedade enquanto o cortejo se aproximava da borda. No exato momento em que eles galopavam pelo terreno ascendente em direção ao precipício, um brilho dourado surgiu de algum lugar a oeste e envolveu toda a paisagem em mantos radiantes. O abismo era um caos fervilhante de esplendor róseo e cerúleo, e vozes invisíveis cantavam de modo exultante enquanto a comitiva de cavaleiros mergulhava sobre a beirada e flutuava com graciosidade para baixo, passando por nuvens brilhantes e fulgores prateados. Os cavaleiros desciam continuamente pelo abismo, com seus cavalos de batalha apalpando o éter como se estivessem galopando sobre areias douradas; e então os vapores luminosos se dispersaram para revelar um brilho mais intenso, o brilho da cidade de Celephaïs, e do litoral além, e do pico nevado que dava para o mar, e das galés vistosamente pintadas que velejavam para fora do porto em direção às regiões distantes onde o mar encontra o céu.

E daí em diante, Kuranes reinou sobre Ooth-Nargai e todos os territórios vizinhos ao sonho, e presidiu a sua corte, ora em Celephaïs, ora na cidade das nuvens de Serannian. Ele ainda reina lá, e reinará alegre para sempre, embora sob os penhascos de Innsmouth as marés do canal brincassem zombeteiramente com o corpo de um vagabundo que tropeçara pelo vilarejo quase deserto ao amanhecer; brincavam zombeteiramente, e o lançavam nas rochas ao lado das Trevor Towers, cobertas de hera, onde um cervejeiro milionário notavelmente gordo e especialmente ofensivo desfruta da atmosfera adquirida de uma extinta nobreza.

Horrível além da concepção foi a mudança que aconteceu com meu melhor amigo, Crawford Tillinghast. Não o tinha visto desde aquele dia, dois meses e meio antes, quando ele me contara sobre o rumo que suas pesquisas físicas e metafísicas estavam tomando; quando respondera minhas objeções impressionadas e quase assustadas, expulsando-me de seu laboratório e de sua casa em uma explosão de raiva fanática. Sabia que agora ele permanecia a maior parte do tempo trancado no laboratório no sótão com aquela máquina elétrica amaldiçoada, comendo pouco e afastando até mesmo os empregados, mas não imaginei que um breve período de dez semanas pudesse alterar e desfigurar tanto qualquer criatura humana. Não é agradável ver um homem robusto enfraquecer de repente, e é ainda pior quando a pele folgada fica amarelada ou acinzentada, os olhos, fundos, circulados por olheiras e estranhamente brilhantes, a testa, repleta de veias e enrugada, e as mãos trêmulas, com espasmos. E se um desleixo repulsivo for acrescido a isso, uma desordem louca no ato de se vestir, o cabelo espesso escuro, grisalho nas raízes, e a barba branca, crescendo incontrolavelmente no rosto outrora barbeado, o efeito cumulativo é bastante chocante.
Mas esse era o aspecto de Crawford Tillinghast na noite em que sua mensagem semicoerente me conduziu à sua porta depois de minhas semanas de exílio;

esse era o espectro que estremeceu ao me receber, com uma vela na mão, e olhou furtivamente sobre o ombro como se temesse coisas invisíveis na casa antiga e solitária localizada atrás da rua Benevolent.

Foi um erro que Crawford Tillinghast tivesse estudado ciência e filosofia. Esses assuntos deveriam ser deixados para os investigadores frígidos e impessoais, pois oferecem duas alternativas igualmente trágicas para o homem de sentimento e ação: desespero, se ele falhar em suas buscas, e terrores inexprimíveis e inimagináveis se obtiver sucesso. Tillinghast, certa vez, havia sido a vítima do fracasso, solitário e melancólico; mas agora eu sabia, tomado por meus próprios temores nauseantes, que ele era a vítima do sucesso. De fato, eu o avisara dez semanas antes, quando ele irrompeu com sua história do que pressentia estar prestes a descobrir. Na ocasião, ele ficara exultante e entusiasmado, falando com uma voz alta e artificial, embora sempre pedante.

— O que sabemos — ele dissera — sobre o mundo e o universo ao nosso redor? Nossos meios de receber impressões são absurdamente escassos, e nossas noções sobre os objetos que nos rodeiam, infinitamente limitadas. Vemos as coisas apenas como somos condicionados a vê-las, e não conseguimos extrair ideia alguma sobre sua natureza absoluta. Por meio de cinco sentidos débeis, fingimos compreender o cosmos ilimitadamente complexo, embora outros seres com um alcance de sentidos mais amplo, forte ou diferente possam não apenas ver de modo diverso o que vemos, como também vislumbrar e estudar mundos inteiros de matéria, energia e vida, que estão próximos, mas não podem ser detectados com os sentidos que temos. Sempre acreditei que tais mundos estranhos e inacessíveis existissem muito perto de nós, e agora creio ter encontrado uma maneira de quebrar as barreiras. Não estou brincando. Dentro de 24 horas, aquela máquina próxima à mesa vai gerar ondas que atuam em órgãos sensoriais desconhecidos que existem em nós apenas como vestígios atrofiados ou rudimentares. Essas ondas nos abrirão muitos panoramas inexplorados ao homem, e alguns deles inexplorados a qualquer coisa que consideramos vida orgânica. Veremos aquilo que faz os cachorros uivarem no escuro, e o que faz os gatos aguçarem os ouvidos depois da meia-noite. Veremos essas coisas e outras que nenhuma criatura viva jamais viu. Ultrapassaremos o tempo, o espaço e as dimensões, e sem a necessidade de deslocamento corporal, perscrutaremos a base da criação.

Quando Tillinghast disse isso, eu protestei, pois o conhecia bem o suficiente para ficar assustado em vez de entretido; no entanto, ele era um fanático e me colocou para fora da casa. Agora, seu fanatismo não havia diminuído, mas o desejo de falar superara o ressentimento, e ele me escrevera imperativamente com uma caligrafia que mal consegui reconhecer. Ao entrar na residência do amigo metamorfoseado de modo tão repentino em uma gárgula estremecida, senti-me contaminado pelo terror que parecia espreitar em todas as sombras. As palavras e crenças expressadas dez semanas antes pareciam ter tomado forma na escuridão além do pequeno halo de luz de vela, e fiquei enjoado com a voz abafada e alterada do meu anfitrião. Desejei que os criados estivessem por perto, e não gostei quando ele disse que todos haviam ido embora três dias atrás. Parecia estranho que o velho Gregory, ao menos, abandonasse o patrão sem dizer nada a um amigo tão confiável como eu. Era ele quem havia me dado toda a informação que obtivera sobre Tillinghast depois que ele me expulsou furiosamente.

Entretanto, logo subordinei todos os meus medos à minha crescente curiosidade e fascinação. Exatamente o que Crawford Tillinghast desejava agora de mim eu podia apenas imaginar, mas de que ele tinha algum segredo estupendo ou descoberta para comunicar não havia dúvida. Antes, eu havia censurado suas investigações anormais acerca do impensável; agora que ele

H.P. LOVECRAFT

evidentemente alcançara determinado sucesso, eu quase compartilhava do seu estado de espírito, embora o custo da vitória parecesse ser terrível. Através do vazio obscuro da casa, segui a vela oscilante na mão dessa trêmula paródia de homem. A energia elétrica parecia estar desligada, e quando o questionei, meu guia respondeu que era em virtude de uma razão específica.

— Seria demais.... Eu não ousaria — ele continuou a murmurar.

Observei sobretudo seu novo hábito de murmurar, pois não era de seu feitio falar consigo mesmo. Entramos no laboratório no sótão, e notei aquela detestável máquina elétrica, brilhando com uma luminosidade violeta pálida e sinistra. Estava conectada a uma poderosa bateria química, porém não parecia estar sendo alimentada por nenhuma corrente; eu me lembrei de que no estágio experimental, ela engasgava e rugia quando estava funcionando. Em resposta ao meu questionamento, Tillinghast resmungou que esse brilho permanente não era elétrico em nenhum sentido que eu pudesse compreender.

Ele então me fez sentar próximo à máquina, de modo que ela ficasse à minha direita, e ligou um interruptor em algum lugar embaixo do conjunto de lâmpadas de vidro no topo do aparelho. Os engasgos habituais começaram, transformaram-se em um gemido e concluíram em um zumbido tão suave que quase sugeria um retorno ao silêncio. Enquanto isso, a luminosidade aumentava, diminuía novamente, e então assumia uma cor clara e bizarra, ou uma mistura de cores que eu não podia nem identificar nem descrever. Tillinghast me observava e notou minha expressão perplexa.

— Você sabe o que é isso? — ele sussurrou. — Isso é ultravioleta.

Riu estranhamente da minha surpresa.

— Você pensava que ultravioleta era invisível, e de fato é. Mas agora você pode vê-lo e ver muitas outras coisas invisíveis. Escute! As ondas dessa coisa estão despertando milhares de sentidos adormecidos em nós; sentidos que herdamos de eras de evolução do estado de elétrons independentes ao estado de humanidade orgânica. Eu vi a verdade e pretendo mostrá-la a você. Gostaria de saber como ela é? Vou lhe dizer.

Nesse momento, Tillinghast se sentou à minha frente, soprou a vela e encarou horrivelmente meus olhos.

— Seus órgãos sensoriais existentes, acho que a audição primeiro, vão captar muitas das impressões, pois elas estão intimamente conectadas com os órgãos inativos. Então haverá outras. Já ouviu falar da glândula pineal? Dou risada do endocrinologista superficial, colega-ingênuo e colega-pretensioso do freudiano. Aquela glândula é o grande órgão sensorial entre todos os órgãos, eu descobri. É como a visão, afinal, e transmite retratos visuais para o cérebro. Se você é normal, essa é a maneira como percebe a maior parte delas.... Quero dizer, percebe a maior parte das evidências do além.

Olhei ao redor do imenso sótão com a parede ao sul inclinada, vagamente iluminado por raios que os olhos comuns não podiam enxergar. Os cantos distantes estavam todos encobertos por sombras, e todo o lugar assumiu uma irrealidade nebulosa que obscurecia sua natureza e convidava a imaginação ao simbolismo e à fantasia. Durante a pausa em que Tillinghast ficou muito tempo em silêncio, imaginei a mim mesmo em algum enorme e incrível templo de deuses mortos há muito tempo; algum vago edifício de inumeráveis pilares de pedra negra que se elevavam sobre um piso de lajes úmidas até uma altura nublada que ia além do alcance da minha visão. A imagem foi muito vívida por um momento, mas gradualmente deu lugar a uma concepção mais horrível; aquela da completa e absoluta solidão no espaço infinito, invisível e silencioso. Parecia haver um vazio e nada mais, e senti um medo infantil que me instigou a sacar do bolso o revólver que carregava ao anoitecer, desde a noite em que fora assaltado em East Providence. Então, a partir das regiões mais remotas, o som passou a existir, suave. Era muito fraco, sutilmente vibrante e, sem dúvida alguma, musical, mas portava uma característica de delírio extraordinário que fazia seu impacto parecer como uma tortura delicada em todo o meu corpo. Tive sensações como aquelas que alguém sente quando acidentalmente arranha uma superfície de vidro fosca. Em paralelo, surgiu algo como uma corrente de ar fria que, ao que parece, passou depressa por mim, vindo da direção do som distante. Enquanto aguardava sem ar, percebi que tanto o som quanto o vento estavam aumentando; e, como efeito, tive uma estranha percepção de mim mesmo, como se estivesse amarrado a um par de trilhos no caminho de uma gigante locomotiva que se aproximava. Comecei a falar com Tillinghast e, ao fazê-lo, todas as impressões incomuns desapareceram abruptamente. Vi apenas o homem, as máquinas brilhantes e o aposento escuro. Tillinghast estava sorrindo de maneira repulsiva em direção ao revólver que eu quase inconscientemente havia sacado, entretanto, por sua expressão, tive certeza de que ele vira e ouvira tanto quanto eu, senão um bom tanto a mais. Sussurrei o que tinha experimentado e ele ordenou que eu permanecesse tão quieto e receptivo quanto possível.

— Não se mova — ele advertiu — já que, sob esses raios, é possível sermos vistos do mesmo modo como podemos ver. Eu lhe disse que os criados se foram, mas não contei como. Foi aquela empregada doméstica estúpida. Ela acendeu as luzes do andar de baixo depois de eu ter dito para não fazer isso, e os fios captaram vibrações por simpatia. Deve ter sido assustador. Pude ouvir os gritos daqui de cima, apesar de tudo o que estava vendo e ouvindo de outra direção, e, mais tarde, foi bastante medonho encontrar aqueles montes de roupas largados pela casa. As roupas da senhora Updike estavam próximas ao interruptor da sala de entrada. Foi assim que descobri que foi ela quem acendeu as luzes. Isso aconteceu com todos os criados. Mas enquanto não nos movermos, estaremos bem seguros. Lembre-se de que estamos lidando com um mundo horrível, no qual somos praticamente impotentes... Fique em silêncio!

O choque em função da combinação da revelação com a ordem abrupta me conduziu a uma espécie de paralisia, e em meu terror, minha mente se abriu outra vez para as impressões que vinham daquilo que Tillinghast chamava de "além". Eu estava agora em um turbilhão de sons e movimentos, com imagens confusas diante dos meus olhos. Via os contornos embaçados do quarto, porém, de algum ponto no espaço, parecia se derramar uma coluna fervente de formas ou nuvens irreconhecíveis, que penetravam o telhado sólido em um ponto adiante, à minha direita. Então vislumbrei o templo novamente, mas desta vez os pilares se elevavam até um oceano aéreo de luz, que projetava um brilho ofuscante ao longo da coluna nebulosa que eu vira antes. Depois disso, a cena se tornou quase inteiramente caleidoscópica, e no amontoado de visões, sons e impressões sensoriais indeterminadas, senti que estava prestes a me dissolver ou, de algum modo, perder a forma sólida. Sempre me lembrarei de um nítido clarão. Por um instante, pareceu que eu estava contemplando um fragmento de um estranho céu noturno repleto de esferas brilhantes giratórias, e enquanto me afastava, vi que os sóis cintilantes formavam uma constelação ou uma galáxia de forma definida — essa forma sendo a face distorcida de Crawford Tillinghast. Em outro momento, senti enormes seres vivos me tocando com leveza e, vez ou outra, andando ou flutuando através do meu corpo supostamente sólido, e pensei ter visto Tillinghast olhar para eles como se seus sentidos mais bem treinados pudessem captá-los visualmente. Lembrei-me do que ele dissera sobre a glândula pineal, e imaginei o que ele via com esse olho sobrenatural.

De repente, eu mesmo me tornei dotado de um tipo de visão ampliada. No caos luminoso e sombrio, surgiu uma figura que, embora vaga, carregava elementos de consistência e permanência. Era realmente um tanto quanto familiar, pois a parte incomum era sobreposta à cena terrena habitual do mesmo modo como uma cena de cinema pode ser projetada sobre a cortina colorida de um teatro. Vi o laboratório no sótão, a máquina elétrica e a figura disforme de Tillinghast à minha frente; mas em todo o espaço desocupado por objetos familiares, nenhuma partícula estava vazia. Formas indescritíveis, vivas ou inanimadas, estavam misturadas numa desordem repugnante, e próximo a cada coisa conhecida havia mundos inteiros de entidades estranhas e indeterminadas. Da mesma maneira, parecia que todas as coisas conhecidas entravam na composição de outras coisas indeterminadas, e vice-versa. Principalmente entre os objetos vivos estavam monstruosidades como medusas enegrecidas, que tremiam, flácidas, em harmonia com as vibrações da máquina. Estavam presentes numa profusão abominável, e vi, para o meu horror, que elas se sobrepunham; que eram semifluidas e capazes de atravessar umas às outras e aquilo que pensávamos ser sólido. Essas coisas nunca estavam paradas, e pareciam estar sempre flutuando com algum propósito maligno. Às vezes, aparentavam se devorar mutuamente, de modo que a agressora se lançava sobre a vítima e, num instante, a apagava de vista. Estremecendo, percebi que sabia o que havia eliminado os infelizes criados, e não pude afastar a tal coisa da minha mente enquanto me esforçava em observar outras propriedades do mundo recentemente exposto que jazia invisível ao nosso redor. Entretanto, Tillinghast estivera me observando e falava:

— Você as vê? Você as vê? Vê as coisas que flutuam e oscilam ao seu redor e através de você em todos os momentos da sua vida? Vê as criaturas que compõem o que os homens chamam de ar puro e céu azul? Não consegui quebrar as barreiras? Não lhe mostrei mundos que nenhum outro homem vivo já viu?

Eu o ouvi gritar através do caos horrível, e olhei para o rosto louco posicionado tão ofensivamente próximo ao meu. Seus olhos eram poços de chamas, e brilhavam em minha direção com o que agora eu via como um ódio avassalador. A máquina zumbiu de modo detestável.

— Você acha que essas coisas atrapalhadas eliminaram os empregados? Tolo, elas são inofensivas! Mas os empregados sumiram, não sumiram? Você tentou me deter, desencorajou-se quando eu precisava de cada pingo de incentivo que pudesse obter; você estava com medo da verdade cósmica, seu covarde maldito, mas agora te peguei! O que aniquilou os criados? O que os fez gritar tão alto?... Não sabe, não é? Você ficará sabendo muito antes do que imagina. Olhe para mim, escute o que eu digo, você acha que realmente existem coisas como tempo e magnitude? Acha que existem coisas como forma ou matéria? Eu lhe digo: atingi profundezas que o seu pequeno cérebro não pode imaginar. Vi além dos limites da infinidade e extraí demônios das estrelas... Explorei as sombras que avançam de mundo em mundo para semear a morte e a loucura... O espaço pertence a mim, está ouvindo? Seres estão me caçando agora, os seres que devoram e se dissolvem, mas sei como escapar deles. É você quem eles vão apanhar, como apanharam os criados... Está se mexendo, caro senhor? Eu lhe disse que era perigoso se mover, salvei você até agora lhe dizendo para ficar parado — salvei você para que visse mais coisas e me escutasse. Se você tivesse se movido, eles o teriam apanhado muito tempo atrás. Não se preocupe, eles não vão machucá-lo. Não machucaram os criados, foram as visões que fizeram com que os pobres demônios gritassem daquele jeito. Meus animais não são bonitos, pois vêm de lugares onde os padrões estéticos são... muito diferentes. A desintegração é totalmente indolor, eu lhe garanto. Mas quero que você os veja. Eu quase os vi, mas sabia como parar. Você está curioso? Sempre soube que você não era nenhum cientista. Está tremendo, não é? Tremendo de ansiedade em ver as coisas supremas que descobri. Por que não se move, então? Cansado? Bem, não se preocupe, meu amigo, pois eles estão vindo... Veja, veja, seu maldito, veja... Está bem acima do seu ombro esquerdo...

O que resta a ser contado é muito breve, e pode ser familiar em função dos relatos nos jornais. A polícia ouviu um tiro na velha casa de Tillinghast e nos encontrou ali — Tillinghast morto e eu, inconsciente. Eles me prenderam porque o revólver estava na minha mão, mas me liberaram depois de três horas, após descobrirem que um derrame havia matado Tillinghast e virem que meu disparo tivera como alvo aquela máquina nociva que agora jazia irremediavelmente destruída no chão do laboratório. Não contei muito sobre o que vi, pois temi que o investigador fosse cético; contudo, pelas linhas gerais evasivas que eu realmente fornecera, o médico me disse que, sem dúvida, eu havia sido hipnotizado pelo louco vingativo e homicida.

Gostaria de poder acreditar naquele médico. Seria de muita ajuda para os meus nervos abalados poder afastar tudo o que agora me vem à mente a respeito do ar e do céu acima de mim e ao meu redor. Nunca me sinto sozinho ou confortável, e uma horrível sensação de perseguição às vezes surge assustadoramente sobre mim quando estou cansado. O que me impede de acreditar no médico é um simples fato: que os policiais nunca encontraram o corpo dos criados, que, dizem, Crawford Tillinghast assassinou.

Fatos sobre o falecido Arthur Jermyn e sua família

I

A vida é uma coisa horrível, e do plano de fundo por trás do que conhecemos sobre ela, espreitam pistas demoníacas de verdade que a tornam, de quando em quando, mil vezes mais horrível. A ciência, já opressiva por suas revelações chocantes, será talvez o maior exterminador da espécie humana — se é que somos uma espécie à parte — pois sua reserva de horrores inimagináveis nunca poderia ser suportada por cérebros mortais se fosse liberada pelo mundo. Se soubéssemos o que somos, deveríamos fazer como Sir Arthur Jermyn fez; e Arthur Jermyn, certa noite, encharcou-se com óleo e tacou fogo em suas roupas. Ninguém colocou os fragmentos carbonizados em uma urna ou organizou um memorial em sua homenagem; pois foram encontrados certos documentos e certo objeto encaixotado que fizeram os homens desejarem esquecer. Algumas pessoas que o conheceram não queriam reconhecer que ele sequer tivesse existido.

Arthur Jermyn foi para o pântano e se incendiou após ver o objeto encaixotado que viera da África. Foi este objeto, e não a peculiar aparência desse homem, que fez com que ele acabasse com a própria vida. Muitos não gostariam de viver se tivessem as características estranhas de Arthur Jermyn, mas ele fora um poeta e acadêmico e não se importara com isso. O estudo estava em seu sangue, já que seu bisavô, o baronete Sir Robert Jermyn, tinha sido um antropólogo de respeito, enquanto seu tataravô, Sir Wade Jermyn, fora um dos primeiros exploradores da região do Congo, e havia escrito com erudição sobre suas tribos, animais e supostas antiguidades. Na verdade, o velho Sir Wade dispunha de um entusiasmo intelectual que quase beirava à mania; e suas conjecturas bizarras sobre uma civilização congolesa branca e pré-histórica lhe renderam muitas ridicularizações quando seu livro *Observações Sobre Diversas Partes da África* foi publicado. Em 1765, esse destemido explorador foi colocado em um hospício em Huntingdon.

A loucura era uma característica de todos os Jermyn, e as pessoas ficavam contentes que não houvesse muitos deles. A linhagem não se ramificou, e Arthur era o último da família. Se não fosse, ninguém poderia dizer o que ele teria feito quando o objeto chegou. Os Jermyn nunca pareceram ser muito equilibrados — algo estava errado, embora Arthur fosse o pior e os velhos retratos de família na casa Jermyn exibissem belos rostos por bastante tempo antes da época de Sir Wade. Certamente, a loucura teve início com Sir Wade, cujas histórias desvairadas sobre a África foram, ao mesmo tempo, o deleite e o terror de seus poucos amigos. Ela se revelava em sua coleção de troféus e espécimes, que não se assemelhava ao acervo que um homem normal acumularia e preservaria, e parecia ainda mais impressionante diante da reclusão oriental em que mantinha sua esposa. Esta última, ele dissera, era a filha de um comerciante português que ele tinha conhecido na África, e ela não gostava dos costumes ingleses. Ela, com um filho pequeno nascido na África, viera com ele no retorno de sua segunda e mais longa viagem, e o acompanhara na terceira e última, jamais retornando. Ninguém a vira muito de perto, nem mesmo os criados, pois seu humor era violento e peculiar. Durante sua breve permanência na casa Jermyn, ela ocupara uma ala remota, e era servida apenas pelo marido. Sir Wade era, de fato, muitíssimo estranho com sua atenção para com a família, pois, quando retornou à África, não permitia que ninguém cuidasse do filho mais novo a não ser uma mulher negra repugnante da Guiné. Ao retornar, depois da morte de senhora Jermyn, ele próprio assumiu o cuidado integral do garoto.

No entanto, era a conversa de Sir Wade, em especial quando estava bêbado, que principalmente levava seus amigos a considerá-lo maluco. Numa era racional como o século 18, era imprudente para um homem de conhecimento falar sobre visões selvagens e cenas estranhas sob o luar do Congo; acerca dos muros e colunas gigantes de uma cidade esquecida, decadente e repleta de videiras; e sobre os degraus de pedra úmidos e silenciosos que descem interminavelmente rumo à escuridão de criptas de tesouros abismais e catacumbas inimagináveis. Em particular, era imprudente delirar sobre as coisas vivas que poderiam assombrar tal lugar; acerca de criaturas que eram, em parte, da selva e, em parte, da cidade impiedosamente envelhecida — criaturas fabulosas que até mesmo um Plínio descreveria com ceticismo; coisas que deviam ter surgido depois que os grandes macacos invadiram a cidade moribunda com os muros e as colunas, as criptas e as estranhas esculturas. Contudo, após retornar para casa pela última vez, Sir Wade continuava a falar desses assuntos com um entusiasmo arrepiantemente assombroso, na maioria das vezes depois do terceiro copo no Knight's Head, gabando-se do que tinha encontrado na selva e de como havia vivido entre ruínas terríveis conhecidas apenas por ele. E, por fim, falou das coisas vivas de tal maneira que foi levado para o hospício. Ele demonstrara estar pouco arrependido quando foi trancado na cela em Huntingdon, pois sua mente funcionava de modo curioso. Desde quando o filho havia começado a deixar a infância, ele gostara cada vez menos de sua casa, até que por fim parecera abominá-la. O Knight's Head tinha sido seu quartel-general, e quando foi confinado, expressou uma vaga gratidão, como que pela proteção oferecida. Três anos depois, morreu.

O filho de Wade Jermyn, Philip, era uma pessoa extremamente peculiar. Apesar de uma forte semelhança física com o pai, sua aparência e sua conduta eram, em muitos detalhes, tão grosseiras que ele era universalmente evitado. Embora não tivesse herdado a loucura temida por alguns, era muito estúpido e dado a breves momentos de violência incontrolável. Em termos de estrutura, era pequeno, mas muito robusto, e possuía uma agilidade incrível. Doze anos após suceder ao título, ele se casou com a filha de seu guarda-caça, uma pessoa que, diziam, era de origem cigana; mas antes de seu filho nascer, ingressou na Marinha como um marujo comum, acentuando a repulsa geral que seus hábitos e seu casamento inapropriado haviam provocado. Depois do término da guerra norte-americana, ouviu-se falar dele como um marinheiro em um navio mercante no comércio africano, dispondo de uma espécie de reputação para proezas de força e escalada; mas finalmente desapareceu determinada noite quando seu navio deixou a costa do Congo.

No filho de Sir Philip Jermyn, a peculiaridade familiar então aceita passou por uma virada misteriosa e fatal. Alto e razoavelmente bonito, com um tipo de estranha graça oriental, apesar de algumas pequenas esquisitices em relação à proporção, Robert Jermyn começou a vida como acadêmico e investigador. Foi ele quem primeiro estudou cientificamente a vasta coleção de relíquias que o avô louco trouxera da África e quem fez o nome da família ser celebrado tanto na etnologia como na exploração. Em 1815, Sir Robert se casou com a sétima filha do visconde Brightholme e foi, em seguida, abençoado com três filhos, sendo que o mais velho e o mais novo jamais foram vistos em público em virtude de deformidades na mente e no corpo. Entristecido por esses infortúnios familiares, o cientista buscou alívio no trabalho, e fez duas longas expedições no interior da África. Em 1849, seu segundo filho, Nevil, uma pessoa consideravelmente repulsiva, que parecia combinar a rispidez de Philip Jermyn com a arrogância dos Brightholme, fugiu com uma dançarina vulgar, mas foi perdoado após seu retorno no ano seguinte. Voltou viúvo para a casa dos Jermyn e com um filho ainda pequeno, Alfred, que um dia seria o pai de Arthur Jermyn.

Amigos disseram que foi essa série de desgostos que perturbou a mente de Sir Robert Jermyn, embora tenha sido possivelmente apenas um pouco do folclore africano que causou o desastre. O acadêmico idoso vinha reunindo lendas das tribos onga, que viviam perto da área explorada por seu avô e por ele mesmo, esperando, de alguma maneira, justificar as loucas histórias de Sir Wade sobre uma cidade perdida povoada por estranhas criaturas híbridas. Certa consistência nos misteriosos documentos de seu antepassado sugeria que a imaginação do homem tresloucado poderia ter sido estimulada por mitos nativos. Em 19 de outubro de 1852, o explorador Samuel Seaton visitou a casa Jermyn portando um manuscrito de notas coletadas entre os onga, crendo que determinadas lendas de uma cidade cinzenta de macacos brancos, regida por um deus branco, poderiam se provar valiosas para o etnólogo. Durante sua conversa, ele provavelmente forneceu muitos detalhes adicionais; a natureza dos quais nunca será conhecida, uma vez que uma série hedionda de tragédias irrompeu de repente. Quando Sir Robert Jermyn surgiu da biblioteca, ele deixou para trás o cadáver estrangulado do explorador, e antes que pudesse ser contido, pôs fim à vida de todos os seus três filhos; os dois que nunca tinham sido vistos e o filho que havia fugido. Nevil Jermyn morreu durante a defesa bem-sucedida de seu filho de 2 anos, que, ao que parece, fora incluído nos planos furiosamente homicidas do velho. O próprio Sir Robert, depois de repetidas tentativas de suicídio e da recusa obstinada em emitir qualquer som articulado, morreu de apoplexia no segundo ano de confinamento.

Sir Alfred Jermyn já era um baronete antes de seu aniversário de 4 anos, mas seus gostos nunca combinaram com seu título. Com 20 anos, ele se juntara a um conjunto de artistas de teatro de variedades, e aos 36, abandonara a esposa e o filho para viajar com um circo itinerante norte-americano. Seu fim foi muito revoltante. Entre os animais da exposição com a qual viajava havia um gorila imenso e forte, de cor mais clara que o comum; uma fera surpreendentemente dócil muito popular entre os artistas. Alfred Jermyn ficou bastante fascinado por esse gorila, e em muitas ocasiões, os dois se encaravam por longos períodos pelas barras que os separavam. Por fim, Jermyn solicitou e obteve permissão para treinar o animal, surpreendendo o público e os colegas artistas com seu sucesso. Certa manhã em Chicago, enquanto o gorila e Alfred Jermyn estavam ensaiando uma luta de boxe extremamente inteligente, o primeiro desferiu um golpe mais forte do que o habitual, ferindo tanto o corpo como a dignidade do treinador amador. Sobre o que aconteceu em seguida, os membros do "Maior Espetáculo da Terra" não gostavam de comentar. Eles não esperavam ouvir Sir Alfred Jermyn emitir um grito agudo e inumano, ou vê-lo agarrar o adversário desastrado com as duas mãos, atirá-lo no chão da jaula e morder diabolicamente sua garganta peluda. O gorila tinha baixado a guarda, mas não por muito tempo, e antes que qualquer coisa pudesse ser feita pelo treinador regular, o corpo que pertencera ao baronete já não podia mais ser reconhecido.

II

Arthur Jermyn era o filho de Sir Alfred Jermyn e de uma cantora de teatro de variedades de origem desconhecida. Quando o marido e pai abandonara a família, a mãe levou a criança para

A CIDADE SEM NOME

a casa Jermyn, onde não sobrara ninguém para se opor à sua presença. Ela tinha noção de como deveria ser a dignidade de um nobre e tratou para que o filho recebesse a melhor educação que uma condição financeira limitada poderia prover. Infelizmente, os recursos da família eram então mais escassos, e a casa Jermyn havia decaído num abandono lastimável, mas o jovem Arthur amava o velho edifício e tudo o que havia nele. Ele não era nada parecido com os outros Jermyn que haviam vivido, pois era um poeta e sonhador. Algumas das famílias vizinhas que tinham ouvido lendas sobre a esposa portuguesa jamais vista do velho Sir Wade Jermyn declaravam que seu sangue latino devia estar se revelando; a maioria das pessoas, porém, apenas zombava de sua sensibilidade para a beleza, atribuindo-a à mãe, artista de teatro de variedades, a qual não era socialmente reconhecida. A delicadeza poética de Arthur Jermyn era ainda mais notável em razão de sua rude aparência. A maior parte dos Jermyn tinha um aspecto sutilmente estranho e repelente, mas o caso de Arthur era muito impressionante. É difícil dizer com exatidão com o que ele se parecia, entretanto, sua expressão, seu ângulo facial e o comprimento de seus braços davam um arrepio de repulsa naqueles que o encontravam pela primeira vez.

Era a mente e o caráter de Arthur Jermyn que reparavam seu aspecto. Talentoso e estudioso, recebeu as maiores honras em Oxford, e parecia provável que recuperasse a fama intelectual da família. Embora de temperamento poético, mais do que científico, ele planejava continuar o trabalho dos familiares com a etnologia africana e as antiguidades, utilizando a verdadeiramente maravilhosa, porém estranha, coleção de Sir Wade. Com sua mente imaginativa, ele pensava com frequência sobre a civilização pré-histórica na qual o louco explorador acreditara de modo tão inquestionável, e tecia conto após conto sobre a silenciosa cidade na selva mencionada nas anotações e parágrafos mais alucinados de seu antepassado. Em relação às nebulosas declarações sobre uma raça de híbridos selvagens sem nome e insuspeita, tinha um sentimento peculiar de terror e atração combinados, especulando sobre a possível base dessas fantasias e procurando encontrar luz nos dados mais recentes recolhidos entre os onga por seu bisavô e Samuel Seaton.

Em 1911, após a morte da mãe, Sir Arthur Jermyn decidiu aprofundar as investigações à máxima extensão. Vendendo uma parte de seus bens para obter o dinheiro necessário, equipou uma expedição e navegou para o Congo. Ao conseguir um grupo de guias com as autoridades belgas, passou um ano no território dos onga e dos kahn, reunindo informações além de suas mais altas expectativas. Entre os kaliri havia um chefe de idade chamado Mwanu, que dispunha não apenas de uma memória altamente retentiva, como de um grau singular de inteligência e interesse em lendas antigas. Esse ancião confirmou todas as fábulas que Jermyn tinha ouvido, acrescentando a própria narrativa sobre a cidade de pedra e os macacos brancos, como lhe havia sido relatada.

De acordo com Mwanu, a cidade cinzenta e as criaturas híbridas não existiam mais, já que haviam sido aniquiladas pelos guerreiros n'bangus muitos anos atrás. Essa tribo, depois de destruir a maior parte das construções e assassinar os habitantes, havia roubado a deusa empalhada que fora o objetivo de sua missão; a deusa-macaco branca, que era adorada pelos seres estranhos e que, segundo a tradição do Congo, seria a forma de alguém que tinha reinado como princesa entre esses indivíduos. Exatamente o que as criaturas símias brancas poderiam ter sido, Mwanu não fazia ideia, mas achava que eram os construtores da cidade em ruínas. Jermyn não conseguia fazer nenhuma conjetura, mas, por meio de questionamentos cuidadosos, colheu uma lenda muito pitoresca sobre a deusa empalhada.

A princesa-macaco, dizia-se, tornara-se a consorte de um grande deus branco que viera do Oeste. Por um longo período,

A CIDADE SEM NOME

eles haviam reinados juntos sobre a cidade, mas quando tiveram um filho, os três foram embora. Mais tarde, o deus e a princesa retornaram, e depois da morte da esposa, o marido divino mumificara seu corpo e o conservara em uma grande casa de pedra, onde ela era adorada. Então, ele partiu sozinho. A lenda parecia apresentar três variações. De acordo com uma das histórias, nada mais acontecera, com exceção de que a deusa empalhada se tornara um símbolo de supremacia para qualquer tribo que a possuísse. Foi por isso que os n'bangus a haviam levado. Uma segunda história contava sobre o retorno do deus e sua morte aos pés da esposa consagrada. Uma terceira narrava a volta do filho, já na idade adulta dos humanos — ou dos macacos, ou dos deuses, a depender do caso — ainda inconsciente de sua identidade. Sem dúvida, os imaginativos negros haviam aproveitado o máximo de quaisquer eventos que pudessem se esconder por trás das lendas extravagantes.

Da realidade da cidade da selva descrita pelo velho Sir Wade, Arthur Jermyn não tinha mais dúvidas; e mal ficou surpreso quando, no início de 1912, deparou-se com o que havia restado dela. Devem ter exagerado sobre o seu tamanho, embora as pedras que jaziam sobre o local provassem que não se tratava apenas de uma vila de negros. Infelizmente, nenhuma escultura pôde ser encontrada, e o tamanho pequeno da expedição impediu que as operações desobstruíssem a única passagem visível que parecia descer até o sistema de criptas que Sir Wade havia mencionado. Debateu-se sobre os macacos brancos e a deusa empalhada com todos os chefes nativos da região, mas restou a um europeu incrementar as informações oferecidas pelo velho Mwanu. M. Verhaeren, agente belga em um entreposto comercial no Congo, acreditava que podia não apenas localizar, como obter a deusa empalhada, da qual tinha ouvido falar vagamente; já que os então poderosos n'bangus eram agora os servos submissos do governo do rei Albert, e com pouca persuasão poderiam ser induzidos a se desfazer da divindade abominável que haviam roubado. Quando Jermyn navegou de volta para a Inglaterra, portanto, foi com a exultante probabilidade de receber, dentro de alguns meses, uma relíquia etnológica inestimável, confirmando a mais louca das narrativas de seu tataravô — isto é, a mais louca que ele já tinha ouvido. Camponeses que vivam próximo à casa Jermyn talvez tivessem escutado histórias mais loucas ainda, transmitidas por antepassados que haviam ouvido Sir Wade ao redor das mesas do Knight's Head.

Arthur Jermyn esperou muito pacientemente pela aguardada caixa de M. Verhaeren e, enquanto isso, estudava com crescente dedicação os manuscritos deixados por seu antepassado maluco. Ele começou a se sentir muito semelhante a Sir Wade, e a procurar por relíquias tanto da vida pessoal deste último na Inglaterra, como de suas explorações africanas. Os relatos orais sobre a esposa misteriosa e reclusa eram numerosos, mas nenhuma relíquia tangível de sua estadia na casa Jermyn havia permanecido. Jermyn imaginava quais circunstâncias haviam motivado ou permitido essa remoção, e decidiu que a insanidade do marido era a causa principal. Diziam que sua tataravó, ele se lembrava, era a filha de um comerciante português na África. Não havia dúvida de que sua herança real e seu conhecimento superficial do Continente Negro haviam feito com que desprezasse as histórias de Sir Wade do interior, algo que um homem dessa estirpe provavelmente não tenderia a perdoar. Ela morreu na África, talvez arrastada para aquele lugar por um marido determinado a provar o que havia contado. Mas ao passo que Jermyn se deixava levar por essas reflexões, não podia fazer nada a não ser sorrir de sua futilidade, um século e meio depois da morte de seus dois estranhos antepassados.

Em junho de 1913, chegou uma carta de M. Verhaeren contando que a deusa empalhada havia sido encontrada. Era, o belga assegurou, um objeto muito extraordinário; um objeto que estava bastante além do poder de classificação de um leigo. Se era humana ou símia, apenas um cientista poderia determinar, e o processo de definição seria enormemente dificultado por sua condição imperfeita. O tempo e o clima do Congo não eram generosos com múmias; em especial quando sua preparação fora tão amadora como parecia ser o caso. Em torno do pescoço da criatura foi encontrada uma corrente dourada com um medalhão vazio, no qual havia o desenho de um brasão; sem dúvida, alguma lembrança de um infeliz viajante tomada pelos n'bangus e pendurada na deusa como amuleto. Ao comentar sobre os contornos do rosto da múmia, M. Verhaeren sugeria uma comparação extravagante; ou melhor, expressava uma curiosidade cômica em relação a como tal comparação atingiria seu correspondente, mas estava interessado demais cientificamente para desperdiçar muitas palavras com frivolidades. A deusa empalhada, escreveu, chegaria devidamente empacotada cerca de um mês após o recebimento da carta.

 O objeto encaixotado foi entregue na casa Jermyn na tarde de 3 de agosto de 1913, sendo transportado de imediato para a grande câmara que abrigava a coleção de espécimes africanos, como fora organizada por Sir Robert e Arthur. Pode-se concluir melhor o que aconteceu em seguida a partir das histórias dos criados e de itens e documentos examinados mais tarde. Dos vários relatos, aquele do velho Soames, o mordomo da família, é o mais extenso e coerente. De acordo com esse homem confiável, Sir Arthur Jermyn dispensou todos da sala antes de abrir a caixa, embora o som imediato do martelo e do cinzel mostrou que ele não se demorou em começar a operação. Não se escutou nada por algum tempo; por quanto tempo Soames não pôde estimar com exatidão, mas certamente foi em menos de quinze minutos que o grito terrível, sem dúvida na voz de Jermyn, foi ouvido. Logo depois, Jermyn saiu da sala, correndo de modo frenético em direção à frente da casa como se estivesse sendo perseguido por algum inimigo horrível. A expressão em seu rosto, um rosto medonho o suficiente quando em repouso, estava além de qualquer descrição. Quando estava próximo da porta da frente, pareceu pensar em algo, e retornou de sua fuga, desaparecendo pelas escadas que desciam para o porão. Os criados estavam completamente estupefatos, e observavam o topo da escada, mas o patrão não voltou. Um cheiro de óleo foi tudo o que emergiu do andar de baixo. Depois do pôr do sol, ouviu-se um ruído na porta que dava do porão para o pátio; e um cavalariço viu Arthur Jermyn, brilhando da cabeça aos pés, encharcado de óleo e cheirando ao fluido, esgueirar-se furtivamente e desaparecer no pântano negro que cercava a casa. Então, em uma exaltação de supremo horror, todo mundo assistiu ao fim. Uma faísca surgiu no pântano, uma chama tomou forma e uma coluna de fogo humana subiu aos céus. A família Jermyn já não existia mais.

    A razão pela qual os fragmentos carbonizados de Arthur Jermyn não foram coletados e enterrados se deve ao que foi encontrado em seguida, em especial à coisa na caixa. A deusa empalhada era uma visão nauseante, esbranquiçada e corroída, mas era claramente a múmia de um macaco branco de alguma espécie desconhecida, menos peluda do que qualquer variedade registrada e infinitamente mais próxima da humanidade — de modo bastante chocante. Uma descrição pormenorizada seria bem desagradável, mas dois detalhes evidentes devem ser pontuados, pois se enquadram de maneira revoltante a certas anotações das expedições africanas de Sir Wade Jermyn e às lendas congolesas sobre o deus branco e a princesa-macaco. As duas particularidades em questão são estas: o brasão no medalhão dourado no pescoço da criatura era o da família Jermyn e a sugestão jocosa de M. Verhaeren sobre determinada semelhança relacionada ao rosto enrugado se aplicava com um horror vívido, medonho e anormal a ninguém menos do que o sensível Arthur Jermyn, tataraneto de Sir Wade Jermyn e sua esposa desconhecida. Membros do Instituto Real de Antropologia queimaram a coisa e jogaram o medalhão em um poço, e alguns deles não reconhecem nem sequer que Arthur Jermyn tenha existido.

O POVO
MUITO
ANTIGO

O POVO MUITO ANTIGO

De uma carta escrita
para "Melmoth"

(Donald Wandrei)

> Quinta-feira, 3 de novembro de 1927.
>
> Caro Melmoth:
>
> ...então você está ocupado investigando o passado sombrio daquele insuportável jovem asiático que foi Varius Avitus Bassianus? Argh! Existem poucas pessoas que abomino mais do que aquele maldito ratinho sírio!
>
> Fui conduzido de volta aos tempos romanos em razão da minha leitura recente e cuidadosa de Eneida, em uma tradução de James Rhoades que eu nunca tinha lido antes, e que é mais fiel a P. Maro do que qualquer outra opção versificada que eu já tenha visto — incluindo aquela do meu falecido tio, doutor Clark, que não chegou a ser publicada. Essa distração virgiliana, aliada aos pensamentos espectrais relativos à véspera do Dia de Todos os Santos, com os sabás das bruxas nas colinas, produziu em mim, na segunda-feira passada, um sonho romano de nitidez e vivacidade elevadas, e de tais esboços titânicos de horror

oculto, que realmente acredito que devo, um dia, utilizá-los na ficção. Sonhos romanos eram eventos comuns em minha juventude — eu costumava seguir o Divino Júlio por toda a Gália como um tribuno militar durante a noite — mas havia parado de experimentá-los há tanto tempo que esse último sonho me impressionou com uma força extraordinária.

Era um pôr do sol flamejante ou um final de tarde na cidadezinha provincial de Pompelo, aos pés dos Pirineus na Hispânia Citerior. O ano deve ter sido no fim da República, pois a província ainda era governada por um procônsul senatorial em vez de um legado pretoriano de Augusto, e o dia era o primeiro antes das Calendas de Novembro. As colinas se elevavam avermelhadas e douradas ao norte da pequena cidade, e o sol que se dirigia a oeste brilhava rosado e místico na pedra nova e crua e nas construções rebocadas do foro empoeirado e das paredes de madeira do circo a alguma distância a leste. Grupos de cidadãos — colonos romanos de testas largas e nativos romanizados de cabelos grossos, assim como óbvios mestiços das duas linhagens, igualmente vestidos com togas de lã baratas — e alguns legionários de capacetes e mantos ordinários, membros de uma tribo de barba negra nas cercanias de Vascônia — todos se amontoando nas poucas ruas pavimentadas e no foro; movidos por alguma inquietação vaga e imprecisa.

Eu mesmo acabara de descer de uma liteira, que os carregadores ilíricos pareciam ter trazido com certa pressa de Calagurris, do outro lado do Ebro em direção ao sul. Ao que parece, eu era um questor provincial chamado L. Caelius Rufus e tinha sido convocado pelo procônsul, P. Scribonius Libo, o qual viera de Tarraco alguns dias antes. Os soldados eram da quinta tropa da 12ª legião, sob o tribuno militar Sex. Asellius; e o legado de toda a região, Cn. Balbutius, também tinha vindo de Calagurris, onde a base permanente se localizava.

O motivo da conferência era um horror que espreitava nas colinas. Todos os habitantes locais estavam assustados, e tinham *implorado pela presença de uma tropa de Calagurris.* Era a Terrível Estação do outono, e as pessoas incivilizadas nas montanhas estavam se preparando para as cerimônias medonhas que eram mencionadas apenas por rumores nas cidades. Eles eram o povo muito antigo que vivia mais acima nas colinas e falava uma língua desarticulada que os vascões não podiam entender. Raramente eram vistos; porém, algumas vezes por ano, eles enviavam pequenos mensageiros amarelados e vesgos (que se pareciam com os citas) para negociar com os comerciantes por meio de gestos, e toda primavera e outono realizavam os ritos infames nos picos, com seus uivos e altares de fogo lançando terror nos vilarejos. Era sempre a mesma coisa — na noite anterior às Calendas de Maio e na noite anterior às Calendas de Novembro. Habitantes locais desapareceriam justamente antes desses eventos, e nunca mais se ouviria falar deles. E havia sussurros de que os pastores e fazendeiros nativos não eram hostis em relação ao povo muito antigo — que mais de uma cabana de palha ficava vazia antes da meia-noite nos dois horríveis sabás.

Neste ano, o horror foi muito grande, pois as pessoas sabiam que a ira do povo muito antigo estava sobre Pompelo. Três meses antes, cinco pequenos negociantes de olhos vesgos haviam descido das colinas, e em uma briga no mercado, três deles haviam sido mortos. Os dois restantes voltaram para as montanhas sem dizer uma palavra — e, nesse outono, nenhum único aldeão desapareceu. Havia uma ameaça nessa imunidade. Não era do feitio do povo muito antigo poupar suas vítimas no sabá. Era bom demais para ser algo normal, e os aldeões estavam com medo.

Por muitas noites, pôde-se ouvir batidas surdas nas colinas e, por fim, o edil Tib. Annaeus Stilpo (mestiço de nativo) solicitou a Balbutius em Calagurris uma tropa para acabar com o sabá na noite terrível. Balbutius havia imprudentemente negado, alegando que os temores dos aldeões eram infundados e que os ritos repugnantes do povo da colina não diziam respeito aos romanos, a menos que nossos cidadãos fossem ameaçados. Eu, *entretanto, que parecia ser um amigo próximo de Balbutius, discordei dele; assegurando que havia estudado profundamente o obscuro saber proibido, e que acreditava que o povo muito antigo era capaz de frequentar quase qualquer destino sombrio na cidade, a qual era, afinal de contas, um assentamento romano e continha um grande número de nossos cidadãos. A própria mãe do edil queixoso, Helvia, era uma romana pura, filha de M. Helvius Cinna, que viera com o exército de Scipio. Consequentemente, despachei um escravo — um grego pequeno e esperto chamado Antipater — para o procônsul portando cartas, e Scribonius acatou o meu apelo e ordenou que Balbutius enviasse a quinta tropa, sob o comando de Asellius, para Pompelo; adentrando as colinas ao crepúsculo na véspera das Calendas de Novembro e acabando com quaisquer orgias obscuras que pudesse encontrar — trazendo os prisioneiros que detivesse para Tarraco, a fim de participar do próximo tribunal do propretor. Balbutius, no entanto, protestara, de modo que se seguiram mais correspondências. Eu havia escrito tantas vezes para o procônsul, que ele ficara seriamente interessado, e resolvera fazer uma investigação pessoal sobre o terror.*

Ele finalmente seguiu para Pompelo com seus lictores e empregados; e lá ouviram rumores suficientes para ficar bastante impressionados e perturbados, e mantiveram firmemente sua ordem de extirpação do sabá. Desejoso por debater com alguém que tivesse estudado o assunto, ele ordenou que eu acompanhasse a tropa de Asellius. Balbutius também foi conosco para pressionar sua orientação adversa, pois acreditava honestamente que uma ação militar drástica despertaria um sentimento perigoso de agitação entre os vascões, tanto os tribais como os colonizados.

Então ali estávamos todos nós, sob o pôr do sol místico das colinas outonais — o velho Scribonius Libo em sua toga pretexta, a luz dourada cintilando em sua cabeça careca brilhante e no rosto de falcão enrugado; Balbutius com seu capacete e peitoral reluzentes, os lábios, sem bigodes, comprimidos em uma oposição conscienciosamente obstinada; o jovem Asellius com as grevas polidas e seu desprezo superior; e a curiosa multidão de habitantes, legionários, membros de tribos, camponeses, lictores, escravos e empregados. Eu parecia estar vestindo uma toga comum, e não tinha nenhuma característica especialmente distintiva. E por todo o lugar o horror espreitava. O povo da cidade e do campo mal ousava falar em voz alta, e os homens da comitiva de Libo, que estava ali há cerca de uma semana, pareciam ter capturado algo do obscuro terror. O próprio velho Scribonius portava uma expressão muito grave, e as vozes agudas do nosso grupo, que havia chegado por último, aparentavam carregar um quê de curiosa impropriedade, como se estivesse em um lugar de morte ou no templo de algum deus místico.

Nós entramos no pretório e tivemos uma conversa séria. Balbutius insistiu em suas objeções, e foi apoiado por Asellius, que parecia julgar todos os nativos com extremo desprezo, ao mesmo tempo que considerava desaconselhável incitá-los. Ambos os soldados sustentavam que seria melhor se opor à minoria dos colonos e nativos civilizados por inação do que confrontar uma provável maioria dos homens da tribo e aldeões por acabar com seus ritos pavorosos.

Eu, por outro lado, reforcei minhas exigências por ação, e me ofereci para acompanhar a tropa em qualquer expedição que fosse executada. Chamei a atenção para o fato de que os bárbaros vascões eram, no mínimo, agressivos e instáveis, de modo que conflitos com eles seriam inevitáveis, cedo ou tarde, independentemente do rumo que tomássemos; de que eles, no passado, não tinham se revelado adversários perigosos para as nossas legiões, e de que não ficaria bem para os representantes do povo romano permitir que os bárbaros atrapalhassem um processo que a justiça e o prestígio da República exigiam. E que, por outro lado, a administração bem-sucedida de uma província dependia primariamente da segurança e da boa vontade do elemento civilizado, em cujas mãos o maquinário local do comércio e da prosperidade repousava e em cujas veias corria uma grande mistura do nosso próprio sangue italiano. Estes, embora em número constituíssem uma minoria, eram o elemento estável em cuja constância se poderia confiar, e cuja cooperação uniria mais firmemente a província ao Império do Senado e o povo romano. Era, ao mesmo tempo, um dever e uma vantagem lhes fornecer a proteção devida aos cidadãos romanos; até mesmo (e então, lancei um olhar sarcástico para Balbutius e Asellius) à custa de um pequeno incômodo e atividade, e de uma pequena interrupção dos jogos de damas e das brigas de galos nos acampamentos de Calagurris. De acordo com os meus estudos, eu não poderia duvidar que o perigo para a cidade e os habitantes de Pompelo era real. Eu lera muitos pergaminhos da Síria e do Egito, e das cidades enigmáticas da Etrúria, e tinha conversado longamente com os sacerdotes sanguinários de Diana Aricina em seu templo na floresta que fazia fronteira com o lago Nemi. Havia fatalidades chocantes que poderiam ser invocadas nas colinas nos sabás; fatalidades que não deveriam acontecer nos territórios do povo romano; e permitir orgias do tipo que, sabia-se, predominavam nos sabás não estaria muito de acordo com os hábitos daqueles cujos antepassados, com A. Postumius como cônsul, executaram tantos cidadãos romanos pela prática da bacanal — um assunto sempre guardado na memória pelo Decreto Senatorial a respeito das bacanais, gravado sobre o bronze e acessível para quem quisesse ver. Contido a tempo, antes que o progresso dos ritos pudessem evocar qualquer coisa que o ferro de um pilo romano pudesse não ser capaz de eliminar, o sabá não seria demais para a força de uma única tropa. Apenas os participantes precisavam ser apreendidos, e a liberdade de muitos meros espectadores reduziria consideravelmente o ressentimento que qualquer camponês simpatizante pudesse sentir. Em resumo, tanto os princípios como o plano de ação demandavam ações severas; e eu não podia senão duvidar que Publius Scribonius, tendo em mente a dignidade e as obrigações do povo romano, seguiria com seu plano de despachar a tropa, com a minha companhia, apesar de tais objeções como Balbutius e Asellius — falando, de fato, mais como provincianos do que romanos — poderiam julgar conveniente oferecer e multiplicar.

O sol oblíquo estava agora muito baixo, e toda a cidade silenciosa parecia envolta em um encantamento imaginário e maligno. Então P. Scribonius, o procônsul, demonstrou sua aprovação em relação às minhas palavras e me designou à tropa na função provisória de primipilo; Balbutius e Asellius concordaram, o primeiro com mais elegância do que o último. Ao passo que o crepúsculo caía nas selvagens encostas outonais, uma batida comedida e medonha de estranhos tambores flutuava distante em um ritmo terrível. Alguns poucos legionários demonstraram acanhamento, mas comandos incisivos os fizeram se alinhar, e toda a tropa foi logo conduzida na planície aberta a leste do circo. O próprio Libo, bem como Balbutius, insistiu em acompanhar o grupo; mas houve grande dificuldade em obter um guia nativo para indicar os caminhos rumo às montanhas. Finalmente, um jovem chamado Vercellius, filho de pais romanos puros, concordou em nos levar ao menos além do sopé das colinas. Nós começamos a marchar sob o novo crepúsculo, com a fina foice prateada de uma jovem lua tremeluzindo sobre a floresta à nossa esquerda. Aquilo que mais nos inquietou foi o fato de que o sabá realmente estava para ser realizado. Relatos da tropa que se aproximava devem ter chegado às colinas, e mesmo a falta de uma decisão final não poderia fazer do rumor algo menos alarmante — embora houvesse os sinistros tambores como os de tempos passados, como se os celebrantes tivessem alguma razão peculiar para ser indiferentes se as tropas do povo romano marchassem contra eles ou não. O som ficava cada vez mais alto enquanto adentrávamos por uma brecha ascendente nas colinas, com barrancos acentuados e arborizados nos envolvendo estreitamente em cada um dos lados, exibindo troncos de árvores curiosamente fantásticos sob a luz de nossas tochas oscilantes. Todos estavam a pé, com exceção de Libo, Balbutius, Asellius, dois ou três centuriões e eu, e por fim o caminho se tornou tão íngreme e estreito que aqueles que estavam a cavalo foram forçados a deixar os animais; uma equipe de dez homens ficou para trás para cuidar deles, embora não fosse provável que bandos de ladrões saíssem em tal noite de terror. De vez em quando, parecíamos detectar uma forma esquiva nas proximidades da floresta, e depois de uma subida de meia hora, a inclinação e a estreiteza do trajeto fizeram com que o avanço de um grupo tão grande de homens — mais de 300, no total — fosse excessivamente incômodo e difícil. Então, com uma imprevisibilidade completa e horripilante, ouvimos um som amedrontador. Veio dos cavalos amarrados — eles tinham gritado, não relinchado, e sim gritado... E não havia luz lá embaixo, nem o som de qualquer coisa humana que revelasse o porquê de terem agido dessa maneira.

Naquele mesmo momento, fogueiras se acenderam em todos os picos adiante, de modo que o terror parecia espreitar igualmente à nossa frente e às nossas costas. Ao procurar pelo jovem Vercellius, nosso guia, encontramos apenas uma pilha contorcida e ensopada sobre uma poça de sangue. Na mão dele estava uma pequena espada retirada do cinto de D. Vibulanus, um subcenturião, e no rosto havia tamanho olhar de terror que os veteranos mais corajosos empalideceram ao observá-lo. Ele havia se matado quando os cavalos gritaram... ele, que nascera e vivera toda a vida naquela região, e sabia o que os homens sussurravam sobre as colinas. A chama de todas as tochas começou a se extinguir, e os gritos dos legionários amedrontados se misturaram aos incessantes berros dos cavalos amarrados. O ar ficou perceptivelmente mais gelado, de maneira mais repentina do que o normal às vésperas de novembro, e parecia agitado por terríveis ondulações que não pude evitar relacionar com o bater de asas imensas. A tropa toda permaneceu paralisada, e ao mesmo tempo que as chamas das tochas diminuíam, eu assistia ao que pensei serem sombras fantásticas delineadas no céu pela luminosidade espectral da Via Láctea enquanto fluíam através de Perseus, Cassiopeia, Cefeu e Cisne.

A CIDADE SEM NOME

Então, de repente, todas as estrelas foram apagadas — até mesmo as brilhantes Deneb e Vega adiante, e as solitárias Altair e Fomalhaut atrás de nós. Ao passo que as tochas se escureceram completamente, restaram acima da tropa assolada e histérica apenas os altares de fogo maléficos e horríveis nos picos elevados; infernais e avermelhados, e agora delineando a silhueta das formas insanas, saltitantes e colossais de tais bestas desconhecidas sobre as quais um sacerdote frígio ou uma idosa campaniana nunca haviam sussurrado nas mais loucas histórias furtivas. E acima dos gritos obscuros dos homens e dos cavalos, aquela percussão demoníaca ficou um tom mais alta, enquanto um vento congelante de consciência e deliberação chocantes desceu varrendo daquelas alturas proibidas e se enrolou em cada homem separadamente, até que toda a tropa estava lutando e berrando na escuridão, como se estivesse interpretando o destino de Laocoonte e seus filhos. Apenas o velho Scribonius Libo parecia estar conformado. Ele pronunciou palavras em meio aos gritos, e elas ainda ecoam em meus ouvidos: Malitia vetus... malitia vetus est... venit... tandem venit...[1]

E então eu acordei. Foi o sonho mais vívido em anos, que usufruiu de poços da subconsciência há muito tempo intocados e esquecidos. Sobre o destino daquela tropa não existem registros, mas a cidade pelo menos foi salva — pois enciclopédias contam sobre a sobrevivência de Pompelo até hoje, sob o nome espanhol moderno de Pamplona...

Atenciosamente, para a Supremacia Gótica,
C . IVLIVS . VERVS . MAXIMINVS.

---

[1] Do latim: "Maldade dos antigos... é maldade dos antigos... aconteceu... aconteceu finalmente...".

Herbert West, Reanimador

PARTE I

Da escuridão

Sobre Herbert West, que foi meu amigo na faculdade e no além, posso falar apenas com extremo terror. Esse terror não é completamente em virtude da maneira sinistra de seu recente desaparecimento, e sim causado por toda a natureza do trabalho de sua vida, e alcançou sua forma mais intensa pela primeira vez há mais de 17 anos, quando estávamos no terceiro ano de nosso curso na Escola de Medicina da Universidade Miskatonic, em Arkham. Enquanto ele esteve comigo, o assombro e a diabrura de seus experimentos me fascinavam totalmente, e eu era seu companheiro mais próximo. Agora que ele se foi e o feitiço está quebrado, o medo verdadeiro é maior. As memórias e possibilidades são ainda mais terríveis do que a realidade.

O primeiro incidente horrível de nosso relacionamento foi o maior choque que já experimentei, e é apenas com relutância que o reproduzo. Como tinha dito, aconteceu quando estávamos na escola de medicina, onde West já havia se tornado conhecido por suas loucas teorias acerca da natureza da morte e da possibilidade de superá-la artificialmente. Sua visão, que era bastante ridicularizada pelo corpo docente e por seus colegas estudantes, sustentava-se na natureza essencialmente mecanicista da vida; e se referia à operação do maquinário orgânico da humanidade por ação química calculada após a falência dos processos naturais. Em seus experimentos com várias soluções reanimadoras, ele matara e tratara um número imenso de coelhos, porquinhos-da-índia, gatos, cachorros e macacos, até que se tornara o principal incômodo da faculdade. Por diversas vezes, ele de fato obtivera sinais de vida em animais supostamente mortos; em muitos casos, sinais contundentes, mas logo viu que a perfeição desse processo, se realmente possível, envolveria necessariamente uma vida inteira de pesquisa. Do mesmo modo, tornou-se claro que, uma vez que a mesma solução nunca funcionava de maneira semelhante em diferentes espécies orgânicas, ele precisaria de cobaias humanas para progressos maiores e mais especializados. Foi então que ele entrou em conflito com as autoridades da faculdade pela primeira vez, e foi proibido de realizar futuros experimentos por ninguém menos dignitário do que o próprio reitor da escola de medicina — o erudito e benevolente Dr. Allan Halsey, cujo trabalho em nome dos enfermos é lembrado por todos os antigos habitantes de Arkham.

Eu sempre fora excepcionalmente tolerante com a pesquisa de West, e frequentemente discutíamos suas teorias, cujas ramificações e corolários eram quase infinitos. Sustentando, assim como Haeckel, que toda vida é um processo químico e físico e que a chamada "alma" é um mito, meu amigo acreditava que a reanimação artificial dos mortos podia depender apenas da condição dos tecidos; e que, a não ser que a verdadeira decomposição tivesse se estabelecido, um cadáver completamente equipado com órgãos poderia, com as medidas adequadas, ser conduzido outra vez à forma peculiar conhecida como vida. Que a vida psíquica e intelectual pudesse ser danificada pela leve deterioração de sensíveis células cerebrais que mesmo um período curto de morte poderia causar, West estava absolutamente ciente. No início, a esperança dele havia sido encontrar um reagente que restauraria a vitalidade antes da chegada real da morte, e apenas consecutivos fracassos com animais haviam lhe mostrado que os mecanismos naturais e artificiais da vida eram incompatíveis. Então, ele buscou por um extremo frescor em seus espécimes, e injetava suas soluções no sangue imediatamente após a extinção da vida. Foi essa circunstância que fez os professores tão negligentemente céticos, pois achavam que a morte verdadeira não tinha acontecido em nenhum dos casos. Eles não pararam para analisar o assunto com atenção e racionalmente.

Não foi muito tempo depois de o corpo docente interditar seu trabalho que West me confidenciou a decisão de conseguir corpos humanos frescos de algum modo, e continuar em segredo com os experimentos que não podia mais realizar abertamente. Ouvi-lo discutir maneiras e meios era bastante medonho, pois na faculdade nunca tivemos que procurar cobaias por nós mesmos. Sempre que o necrotério se revelava insuficiente, dois homens negros tratavam dessa questão, e eles raramente eram questionados. Na época, West era um jovem pequeno, magro, que usava óculos e possuía traços delicados, cabelo loiro, olhos azuis-claros e uma voz suave, e era estranho ouvi-lo falar sobre as vantagens do Cemitério Christchurch e das valas comuns. Por fim, nós nos decidimos pelas valas comuns porque praticamente todo corpo em Christchurch era embalsamado; algo, é claro, arrasador para as pesquisas de West.

A essa altura, eu era seu assistente ativo e fascinado, e o ajudava a tomar todas as decisões, não apenas no que dizia respeito à fonte dos corpos, como também a um lugar apropriado para nosso trabalho repugnante. Fui eu quem pensei na deserta fazenda Chapman além de Meadow Hill, onde montamos uma sala de operação e um laboratório no piso térreo, ambos com cortinas escuras para ocultar nossos feitos à meia-noite. O lugar era distante de todas as estradas e não estava à vista de nenhuma casa, contudo, as precauções ainda eram necessárias, pois rumores de luzes estranhas, iniciados por acaso por andarilhos noturnos, logo trariam desastre ao nosso empreendimento. Concordamos em chamar a coisa toda de laboratório químico, caso fosse descoberto. Aos poucos, equipamos nosso sinistro refúgio da ciência com materiais comprados em Boston ou emprestados com discrição da universidade — materiais cuidadosamente tornados irreconhecíveis exceto a olhos especializados — e providenciamos pás e picaretas para os muitos enterros que precisaríamos realizar no porão. Na universidade, usávamos um incinerador, mas o equipamento era muito caro para o nosso laboratório não autorizado. Corpos eram sempre um incômodo — até mesmo os pequenos corpos de porquinhos-da-índia utilizados nos breves experimentos clandestinos no quarto de West na pensão.

Acompanhávamos os obituários como demônios, uma vez que nossos espécimes demandavam qualidades particulares. O que desejávamos eram cadáveres enterrados logo após a morte e sem preservação artificial, preferivelmente livres de doenças de má-formação, e certamente com todos os órgãos presentes. Vítimas de acidentes eram nossa maior esperança. Por muitas semanas, não ouvimos sobre nada adequado, embora falássemos com autoridades do necrotério e do hospital, supostamente em nome da universidade, com toda frequência que podíamos sem despertar suspeita. Descobrimos que a faculdade tinha preferência em todos os casos, de modo que talvez fosse necessário permanecer em Arkham durante o verão, quando apenas as aulas limitadas de verão eram realizadas. No fim das contas, contudo, a sorte nos favoreceu, pois um dia ficamos sabendo de um caso quase ideal na vala comum; um operário jovem e forte afogado na manhã anterior no lago Summer, e enterrado com os recursos da cidade sem demora ou embalsamamento. Naquela tarde, encontramos o novo túmulo e decidimos começar a trabalhar logo depois da meia-noite.

Era uma tarefa repulsiva aquela que executávamos nas escuras horas da madrugada, muito embora na época nos faltasse o terror especial a cemitérios que nossas futuras experiências nos trariam. Carregamos pás e lanternas a óleo, pois, embora lanternas elétricas já fossem então fabricadas, não eram tão satisfatórias quanto os dispositivos de tungstênio atuais. O processo de desenterrar era vagaroso e sórdido — poderia ter sido horrivelmente poético se fôssemos artistas em vez de cientistas — e ficamos contentes quando nossas pás atingiram madeira. Quando o caixão de pinho estava completamente descoberto, West desceu e removeu a tampa, arrastando e sustentando seu conteúdo. Estendi as mãos e puxei o corpo para fora da cova, e então ambos nos esforçamos para restaurar a aparência anterior do local. A situação nos deixou bastante nervosos, especialmente a forma dura e o rosto vazio do nosso primeiro troféu, mas conseguimos apagar todos os vestígios da nossa visita. Quando assentamos a última pá de terra, colocamos o espécime em um saco de lona e partimos para a velha casa Chapman além de Meadow Hill.

Em uma mesa de dissecação improvisada na velha fazenda, sob a luz de uma poderosa lâmpada de acetileno, o espécime não tinha uma aparência muito espectral. Havia sido um jovem robusto e aparentemente normal do tipo plebeu sadio — de estrutura grande, olhos acinzentados e cabelo castanho — um animal forte sem sutilezas psicológicas, e provavelmente com processos vitais do gênero mais simples e saudável. Agora, com os olhos fechados, ele parecia estar mais adormecido do que morto, ainda que logo o teste especializado do meu amigo não deixasse dúvidas sobre esse resultado. Enfim tínhamos aquilo que West sempre ansiara — um cadáver de verdade do tipo ideal, pronto para a solução preparada de acordo com os mais cuidadosos cálculos e teorias para uso humano. A tensão de nossa parte se tornou muito grande.

Sabíamos que havia uma chance escassa de algo próximo ao sucesso completo, e não podíamos evitar os temores horríveis de possíveis resultados grotescos de uma reanimação parcial. Em especial, estávamos apreensivos em relação à mente e aos impulsos da criatura, uma vez que, no momento seguinte à morte, algumas das células cerebrais mais delicadas bem poderiam ter sofrido deterioração. Eu mesmo ainda tinha algumas noções curiosas sobre a "alma" tradicional do homem, e sentia espanto com os segredos que poderiam ser revelados por alguém que retornasse dos mortos. Imaginei quais visões esse jovem plácido poderia ter contemplado em esferas inacessíveis, e o que poderia relatar se voltasse completamente à vida. No entanto, meu assombro não era esmagador, já que, na maior parte do tempo, eu compartilhava do materialismo do meu amigo. Ele estava mais calmo do que eu enquanto forçava uma grande quantidade do seu fluido em uma veia de um dos braços do corpo, imediatamente cobrindo a incisão com segurança.

A espera foi abominável, mas West nunca vacilou. De vez em quando, aplicava seu estetoscópio no espécime, e aceitava os resultados negativos filosoficamente. Depois de cerca de 45 minutos sem o mínimo sinal de vida, ele, de maneira desapontada, declarou que a solução era inadequada, mas se decidiu a tirar o máximo proveito da oportunidade e tentou uma mudança na fórmula antes de descartar seu prêmio medonho. Naquela tarde, precisáramos cavar uma cova no porão, e teríamos que preenchê-la até o amanhecer — pois, embora tivéssemos colocado uma fechadura na casa, queríamos evitar até mesmo o risco mais remoto de uma descoberta macabra. Além disso, o corpo não estaria nem sequer aproximadamente fresco na noite seguinte. Então, levando a única lâmpada de acetileno para o laboratório adjacente, deixamos nosso convidado silencioso na mesa de cirurgia na escuridão, e dedicamos toda a energia à mistura de uma nova solução; a pesagem e a medição sendo supervisionadas por West com um cuidado quase fanático.

O acontecimento horrível foi muito repentino e totalmente inesperado. Eu estava despejando algo de um tubo de ensaio para outro, e West estava ocupado com um queimador a álcool que precisara servir como um bico de Bunsen neste edifício sem gás encanado, quando do cômodo completamente escuro que havíamos deixado irrompeu a sucessão de gritos mais espantosa e demoníaca que já havíamos ouvido. Mais inexprimível não poderia ter sido o caos de som infernal se um poço tivesse se aberto para libertar a agonia dos condenados, pois em uma cacofonia inimaginável estava reunindo todo o terror celestial e o desespero anormal da natureza animada. Não poderia ter sido humano — não é normal a reprodução de tais sons pelo homem — e sem pensar em nosso último feito ou em suas descobertas possíveis, tanto West como eu pulamos pela janela mais próxima como animais ameaçados, derrubando tubos, lâmpadas e retortas, e saltando loucamente para o abismo estrelado da noite rural. Acredito que tenhamos gritamos enquanto tropeçávamos freneticamente em direção à cidade, embora ao passo que alcançamos o subúrbio, assumimos uma aparência de controle — apenas o suficiente para se parecer como foliões atrasados cambaleando para casa depois de uma orgia.

Não nos separamos, e conseguimos chegar ao quarto de West, onde sussurramos com agitação até o amanhecer. Naquele momento, havíamos nos acalmado um pouco com teorias racionais e planos de uma investigação, de modo que pudéssemos dormir durante o dia — ignorando as aulas. Mas, naquela noite, dois artigos no jornal, completamente desconectados, fizeram com que fosse impossível dormir. A velha e deserta casa Chapman havia sido inexplicavelmente reduzida pelo fogo a um monte amorfo de cinzas, o que podíamos compreender em razão da lâmpada caída. Além disso, haviam tentado escavar uma cova recente na vala comum, como se alguém tivesse cavoucado a terra em vão, sem o uso de pás. Isso não podíamos entender, pois havíamos assentado o solo com muito cuidado.

E por 17 anos depois disso, West frequentemente olhava desconfiado sobre o ombro, reclamando que ouvia passos atrás de si. Agora ele havia desaparecido.

Parte II

O demônio-peste

Nunca vou me esquecer daquele horrível verão 16 anos atrás, quando como um demônio nocivo dos salões de Iblis o tifo pairava maliciosamente sobre Arkham. É em virtude dessa maldição satânica que muitos se lembram daquele ano, pois um verdadeiro terror ruminou com asas de morcego sobre as pilhas de caixões nos túmulos do Cemitério Christchurch; contudo, para mim, existia um horror ainda maior naquela época — um horror conhecido apenas por mim agora que Herbert West desaparecera.

West e eu estávamos fazendo aulas de pós-graduação no curso de verão na Escola de Medicina da Universidade Miskatonic, e meu amigo havia conquistado uma enorme notoriedade em consequência de seus experimentos relacionados à revitalização dos mortos. Depois do abate científico de incontáveis animais pequenos, o excêntrico trabalho fora supostamente interrompido por ordem de nosso cético reitor, o Dr. Allan Halsey, ainda que West tenha continuado a realizar certos testes secretos em seu quarto de pensão sujo e, em uma ocasião terrível e inesquecível, tirado um corpo humano de sua cova na vala comum e o levado para uma fazenda deserta além de Meadow Hill.

A CIDADE SEM NOME

Estava com ele nessa ocasião odiosa, e o vi injetar nas veias inertes o elixir que ele acreditava que iria, de certo modo, restaurar os processos químicos e físicos da vida. Tudo acabara horrivelmente — em um delírio de medo que nós, aos poucos, passamos a atribuir aos nossos próprios nervos transtornados — e depois disso, West nunca mais conseguira se livrar da sensação enlouquecedora de estar sendo assombrado e caçado. O corpo não estava fresco o suficiente; é óbvio que para restaurar atributos mentais normais um corpo precisa estar realmente fresco; e o incêndio da velha casa nos impedira de enterrar a coisa. Teria sido melhor se pudéssemos ter certeza de que ela estava debaixo da terra.

Depois daquela experiência, West abandonara suas pesquisas por algum tempo; porém, à medida que o entusiasmo do cientista nato aos poucos retornava, ele se tornara mais uma vez insistente com o corpo docente da faculdade, apelando pelo uso da sala de dissecação e de espécimes humanos frescos para o trabalho que considerava tão excepcionalmente importante. Seus apelos, no entanto, foram em vão, pois a decisão do Dr. Halsey era inflexível, e os outros professores todos endossavam o veredicto de seu líder. Na teoria radical da reanimação eles não viam nada além dos caprichos imaturos de um jovem entusiasta cuja forma pequena, cabelos loiros, olhos azuis que usavam óculos e voz suave não sugeriam o poder além do normal — quase diabólico — do cérebro frio em seu interior. Posso vê-lo agora como era antigamente — e estremeço. Seu rosto ficara mais austero, mas nunca mais velho. E agora houve o incidente no Hospício Sefton, e West desapareceu.

West discordou de maneira desagradável do Dr. Halsey próximo ao fim de nosso último semestre universitário em uma discussão prolixa que, em questão de cortesia, deu menos crédito a ele do que ao bondoso reitor. Ele sentiu que estava desnecessária e irracionalmente atrasado em um trabalho de extrema importância; um trabalho que com certeza poderia executar com meios próprios nos anos seguintes, mas o qual desejava começar enquanto ainda dispunha das excepcionais instalações da universidade.

Que os mais velhos ligados à tradição ignorassem os resultados singulares obtidos com animais, e persistissem em sua negação em relação à possibilidade da reanimação, era indescritivelmente repugnante e quase incompreensível para um jovem com o temperamento lógico de West. Apenas uma maturidade mais desenvolvida poderia ajudá-lo a entender as limitações mentais crônicas do tipo "professor-doutor" — o produto de gerações de puritanismo patético; bondoso, consciencioso, e às vezes gentil e amável, embora sempre limitado, orientado pelos costumes e sem perspectivas. A idade é mais caridosa com esses personagens incompletos, porém de alma superior, cuja pior fraqueza verdadeira é a timidez, e que são finalmente punidos pelo ridículo de seus pecados intelectuais — pecados como ptolemaísmo, calvinismo, anti-Darwinismo, anti-Nietzscheísmo e qualquer tipo de sabatismo e de legislação suntuosa. West, jovem apesar de suas magníficas aquisições científicas, tinha pouca paciência com o bom Dr. Halsey e seus colegas eruditos; e nutria um ressentimento crescente, unido a um desejo de provar suas teorias para esses admiráveis obtusos de alguma maneira dramática e elaborada. Como muitos jovens, ele se deixava levar por devaneios elaborados de vingança, triunfo e um perdão final e magnânimo.

E então viera a calamidade, sorridente e letal, das cavernas de pesadelo de Tártaro. West e eu havíamos nos formado mais ou menos na época de seu início, mas tínhamos permanecido na universidade para um trabalho adicional na escola de verão, de modo que estávamos em Arkham quando ela irrompeu com completa fúria demoníaca sobre a cidade. Embora ainda não estivéssemos licenciados como médicos, tínhamos agora nossos diplomas, e fomos forçados freneticamente ao serviço público enquanto a quantidade de contaminados crescia. A situação estava quase fora de controle, e o número de mortes era muito maior do que os coveiros locais podiam dar conta. Enterros sem embalsamamento eram realizados com rápida sucessão, e até mesmo a tumba pública do Cemitério Christchurch estava abarrotada de caixões de mortos não embalsamados. Essa circunstância causou impacto em West, que pensou muitas vezes na ironia da situação — tantos espécimes frescos, contudo nenhum para as suas pesquisas reprimidas! Nós estávamos terrivelmente sobrecarregados, e a tremenda tensão mental e nervosa fez meu amigo matutar de maneira mórbida.

No entanto, os gentis adversários de West não foram menos atormentados com obrigações exaustivas. A faculdade estava praticamente fechada, e todos os doutores do departamento médico estavam ajudando na luta contra a peste tifoide. O doutor Halsey, em particular, tinha se destacado num serviço sacrificante, dedicando sua habilidade extraordinária com energia incondicional em casos que muito outros evitavam em virtude do perigo ou da aparente desesperança. Antes que se passasse um mês, o destemido reitor havia se tornado um herói popular, embora parecesse inconsciente de sua fama enquanto lutava para evitar desmoronar devido ao cansaço físico e à exaustão nervosa. West não podia negar admiração pela coragem de seu adversário, mas por conta disso estava ainda mais determinado a lhe provar a verdade de suas doutrinas espantosas. Aproveitando-se da desorganização tanto do trabalho da universidade como das normas de saúde municipal, conseguiu levar um corpo recentemente falecido contrabandeado para a sala de dissecação da faculdade certa noite e, na minha presença, injetou uma nova modificação de sua solução. De fato, a coisa abriu os olhos, mas apenas encarou o teto com um olhar de horror de paralisar a alma antes de cair em uma inércia da qual ninguém poderia despertá-la. West disse que não estava fresca o suficiente — o ar quente do verão não favorece os cadáveres. Naquela vez, quase fomos pegos antes de incinerar o corpo, e West duvidou da conveniência de repetir seu audacioso uso indevido do laboratório da faculdade.

O pico da epidemia foi atingido em agosto. West e eu quase morremos, e o doutor Halsey realmente faleceu no dia 14. Todos os estudantes compareceram ao seu funeral apressado no dia 15, e compraram uma coroa de flores impressionante, apesar de esta ter sido bastante ofuscada pelas homenagens enviadas por habitantes ricos de Arkham e pela própria municipalidade. Foi praticamente um assunto de interesse coletivo, pois o reitor seguramente tinha sido um benfeitor público. Depois do sepultamento, estávamos todos um tanto quanto deprimidos, e passamos a tarde no bar da Casa Comercial, onde West, embora abalado com a morte de seu principal adversário, arrepiou-nos com referências a suas teorias notórias. A maioria dos alunos foi para casa, ou rumo a deveres variados conforme as horas avançavam, mas West me persuadiu a ajudá-lo a "aproveitar a noite". A senhoria de West nos viu chegar ao quarto dele por volta de 2 horas da manhã, com um terceiro homem entre nós, e disse ao marido que evidentemente tínhamos comido e bebido muito bem.

Ao que parece, essa governanta rigorosa estava certa, pois, em torno das 3 horas da manhã, a casa inteira foi despertada por gritos vindos do quarto de West, onde ao arrombar a porta, encontraram-nos inconscientes sobre o tapete manchado de sangue, espancados, arranhados e estropiados, e com os restos quebrados das garrafas e instrumentos de West ao nosso redor. Apenas uma janela aberta indicava sobre que fim levara nosso agressor, e muitos imaginaram como ele próprio tinha se saído após o tremendo salto que devia ter dado do segundo andar para o gramado. Havia algumas roupas estranhas no quarto, mas West, depois de recobrar a consciência, disse que não pertenciam ao estranho, eram espécimes coletados para análise bacteriológica no andamento das investigações sobre a transmissão de doenças causadas por germes. Ele ordenou que as roupas fossem queimadas o mais rápido possível na ampla lareira. À polícia nós dois declaramos ignorância quanto à identidade de nosso recente companheiro. Ele era, West disse nervosamente, um estranho amigável que tínhamos encontrado em algum bar de localização incerta no centro da cidade. Tínhamos sido bastante joviais, e West e eu não queríamos que nosso agressivo companheiro fosse perseguido.

A CIDADE
SEM NOME

Aquela mesma noite contemplou o início do segundo horror de Arkham — o horror que, para mim, eclipsou a peste em si. O Cemitério Christchurch foi palco de um terrível assassinato; um vigia fora dilacerado até a morte de uma maneira não apenas hedionda demais para ser descrita, como também que levantava dúvidas quanto à autoria humana da façanha. A vítima fora vista ainda viva bem depois da meia-noite — o amanhecer revelou a coisa indizível. O dono de um circo na cidade vizinha de Bolton foi interrogado, mas jurou que nenhum animal tinha, em momento algum, escapado da jaula. Aqueles que encontraram o corpo notaram um rastro de sangue que levava para a tumba pública, onde uma pequena poça vermelha jazia no concreto bem do lado de fora do portão. Um rastro mais fraco se afastava em direção ao bosque, mas logo se dissipava.

Na noite seguinte, demônios dançaram sobre os telhados de Arkham, e uma loucura anormal uivou no vento. Pela cidade febril se arrastou uma maldição que alguns disseram ser maior do que a peste, e que alguns sussurraram que era a alma do demônio encarnada da própria praga. Oito casas foram invadidas por uma coisa desconhecida que espalhava morte vermelha em seu encalço — ao todo, 17 restos de corpos mutilados e disformes foram deixados para trás pelo monstro mudo e sádico que se arrastava pelas ruas. Algumas pessoas o tinham visto parcialmente na escuridão, e disseram que era branco e parecido com um macaco disforme ou um demônio antropomorfo. A coisa não deixara rastros de tudo o que havia atacado, pois às vezes estivera faminta. Três corpos estavam em casas de contaminados, mas o número de mortos ali era de 14 pessoas.

Na terceira noite, grupos de investigadores frenéticos, conduzidos pela polícia, a capturaram em uma casa na rua Crane perto do campus de Miskatonic. Eles haviam organizado a busca com cuidado, mantendo contato por meio de estações telefônicas voluntárias, e quando alguém no distrito da faculdade informou ter ouvido o arranhar em uma janela fechada, o cerco se espalhou com rapidez. Por consequência do alarme geral e das precauções, houve apenas mais duas vítimas, e a captura foi realizada sem grandes perdas. A coisa foi finalmente detida por uma bala, embora ela não tenha sido fatal, e foi levada às pressas ao hospital local em meio à agitação e repugnância geral.

Pois a criatura tinha sido um homem. Isso estava claro, apesar dos olhos nauseantes, do simianismo mudo e da selvageria demoníaca. Eles trataram de seu ferimento e a carregaram para o Hospício Sefton, onde ela bateu a cabeça contra as paredes de uma cela acolchoada por 16 anos — até o recente incidente, quando escapou sob circunstâncias que poucos gostam de mencionar. O que mais enojou os investigadores de Arkham foi o que notaram quando o rosto do monstro foi limpo — a semelhança zombeteira e inacreditável com um mártir educado e altruísta que tinha sido enterrado apenas três dias antes — o falecido dr. Allan Halsey, benfeitor público e reitor da Escola de Medicina da Universidade Miskatonic.

Para o desaparecido Herbert West e para mim a repulsa e o horror foram supremos. Estremeço nessa noite enquanto penso nele; estremeço ainda mais do que estremeci naquela manhã quando West murmurou por entre as ataduras:

— Raios, não estava fresco o suficiente!

Parte III

Seis tiros ao luar

É incomum disparar todas as seis balas de um revólver com grande imprevisibilidade quando apenas uma provavelmente teria sido suficiente, mas muitas coisas na vida de Herbert West eram incomuns. Não é, por exemplo, sempre que um jovem médico que acabara de deixar a faculdade é obrigado a ocultar os princípios que guiam a escolha de sua casa e de seu escritório, embora esse tenha sido o caso de Herbert West. Quando ele e eu conseguimos nossos diplomas na Escola de Medicina da Universidade Miskatonic, e buscamos amenizar nossa pobreza nos estabelecendo como clínicos gerais, tomamos bastante cuidado em não revelar que escolhemos uma casa porque era razoavelmente bem isolada e o mais próximo possível da vala comum.

É raro que reticências como essa não tenham motivações, como de fato tinham as nossas; pois nossas necessidades eram resultantes do trabalho de uma vida distintamente impopular. Na aparência, éramos apenas médicos, mas sob a superfície existiam objetivos de importância muito maior e mais terrível — uma vez que a essência da existência de Herbert West era uma busca em meio a reinos obscuros e proibidos do desconhecido, nos quais esperava desvendar o segredo da vida e restaurar à animação perpétua a argila fria do cemitério. Tal busca demandava materiais estranhos, entre eles, corpos humanos frescos; e a fim de se manter abastecido dessas coisas indispensáveis, deve-se viver silenciosamente e não muito distante de um lugar de sepultamento informal.

West e eu nos conhecemos na faculdade, e fui o único a simpatizar com seus horríveis experimentos. Aos poucos, passei a ser seu inseparável assistente, e agora que estávamos fora da faculdade, precisávamos nos manter unidos. Não foi fácil encontrar uma boa vaga para dois médicos juntos, mas finalmente a influência da universidade nos garantiu um consultório em Bolton — uma cidade industrial próxima a Arkham, a sede da faculdade. A Fábrica de Lã Penteada de Bolton é a maior no vale Miskatonic, e seus funcionários poliglotas nunca foram pacientes agradáveis aos médicos locais. Procuramos nossa casa com o maior cuidado, escolhendo, por fim, um chalé bastante degradado perto do fim da rua Pond — a cinco números de distância do vizinho mais próximo e separado da vala comum local por apenas um trecho de campo, dividido pelo istmo estreito de uma floresta bastante densa ao norte. A distância era maior do que gostaríamos, mas não conseguimos nenhuma casa mais próxima sem nos deslocar até o outro lado do campo, completamente fora do distrito da fábrica. Não estávamos muito insatisfeitos, porém, pois não havia ninguém entre nós e nossa sinistra fonte de suprimentos. A caminhada era um pouco longa, mas podíamos transportar nossos espécimes silenciosos sem ser perturbados.

Nossa prática médica foi surpreendentemente extensa desde o início — grande o suficiente para agradar a maioria dos jovens médicos, e grande o bastante para se revelar um tédio e um fardo para estudantes cujo interesse real estava em outro lugar. Os operários tinham inclinações um tanto turbulentas; e além de suas muitas necessidades naturais, seus frequentes confrontos e brigas com facas nos dava bastante o que fazer. No entanto, o que de fato absorvia nossa mente era o laboratório secreto que havíamos montado no porão — o laboratório com a mesa longa sob as luzes elétricas, onde durante a madrugada, com frequência, injetávamos as variadas soluções de West nas veias das coisas que arrastávamos da vala comum. West estava loucamente fazendo experiências para encontrar algo que reiniciasse os mecanismos vitais do homem depois de interrompidos pelo que chamamos de morte, mas tinha encontrado os obstáculos mais medonhos. As soluções precisavam ser compostas de forma específica para cada tipo de espécie — o que serviria para porquinhos-da-índia não serviria para seres humanos, e diferentes espécimes humanos demandavam grandes modificações.

Os corpos precisavam estar excessivamente frescos, ou a leve decomposição do tecido cerebral tornaria a perfeita reanimação impossível. De fato, o maior problema era consegui-los frescos o suficiente — West tivera experiências horríveis durante suas pesquisas secretas na faculdade com cadáveres de preservação duvidosa. Os resultados de reanimação parcial ou imperfeita eram muito mais horríveis do que os fracassos totais, e nós dois guardávamos recordações apavorantes desses casos. Desde nossa primeira sessão demoníaca na fazenda deserta em Meadow Hill em Arkham, sentimos uma ameaça inquietante; e West, embora um autômato científico, loiro, de olhos azuis e calmo na maioria dos aspectos, com frequência confessou ter uma sensação angustiante de perseguição sorrateira. De certo modo, ele quase sentia que estava sendo seguido — uma alucinação psicológica de seus nervos abalados, amplificada pelo fato inegavelmente perturbador de que pelo menos um dos nossos espécimes reanimados continuava vivo — uma assustadora coisa carnívora em uma cela acolchoada em Sefton. E havia ainda outro — de nossa primeira experiência — cujo destino exato nunca soubemos.

Tivemos bastante sorte com os espécimes em Bolton — muito mais do que em Arkham. Não fazia uma semana que havíamos nos estabelecido quando conseguimos uma vítima de um acidente na mesma noite de seu enterro, e o fizemos abrir os olhos com uma expressão espantosamente racional antes que a solução falhasse. Ele tinha perdido um braço — se o corpo estivesse perfeito, poderíamos ter tido mais sucesso. Entre essa época e janeiro seguinte, obtivemos mais três corpos; um fracasso total, um caso de movimento muscular óbvio e uma coisa bastante arrepiante — ela se levantou e pronunciou um som. Então veio um período em que a sorte foi escassa; o número de sepultamentos caiu, e aqueles que aconteciam eram de espécimes muito adoentados ou mutilados demais para uso. Acompanhávamos todas as mortes e suas circunstâncias com cuidado sistemático.

Em uma noite de março, no entanto, conseguimos inesperadamente um espécime que não veio da vala comum. Em Bolton, o espírito prevalecente do puritanismo havia proibido o boxe — e o resultado foi o costumeiro. Lutas clandestinas e malconduzidas entre os operários eram comuns e, de vez em quando, talentos profissionais de categoria inferior eram trazidos de fora. Nessa tardia noite de inverno, houve uma competição dessas; evidentemente com consequências desastrosas, pois dois poloneses medrosos vieram até nós com súplicas sussurradas de modo incoerente para atender um caso muito secreto e urgente. Nós os seguimos até um celeiro abandonado, onde os remanescentes de uma multidão de estrangeiros assustados observavam uma forma negra e silenciosa no chão.

A luta fora entre Kid O'Brien — um jovem desajeitado e agora trêmulo, com um nariz adunco nada irlandês — e Buck Robinson, "A Fumaça do Harlem". O negro havia sido nocauteado, e um exame breve nos mostrou que continuaria assim para sempre. Ele era uma coisa abominável, semelhante a um gorila, com braços anormalmente longos que eu não podia evitar senão chamar de patas dianteiras, e com um rosto que invocava pensamentos a respeito dos indescritíveis segredos do Congo e batidas de um tambor sob um luar misterioso. O corpo devia ter parecido ainda pior em vida — mas o mundo guarda muitas coisas desagradáveis. O medo tomara conta de toda a multidão miserável, pois eles não sabiam o que a lei lhes imporia se o caso não fosse abafado; e ficaram agradecidos quando West, apesar de meus calafrios involuntários, ofereceu-se para se livrar da coisa com discrição — para um propósito que eu conhecia muito bem.

Havia um luar brilhante sobre a paisagem sem neve, mas vestimos a coisa e a carregamos juntos para casa pelas ruas e gramados desertos, como havíamos carregado algo similar em uma noite horrível em Arkham. Nós nos aproximamos da casa pelo campo aos fundos, levamos o espécime pela porta de trás, descemos pelas escadas rumo ao porão e o preparamos para o experimento usual. Nosso medo da polícia era absurdamente grande, embora tivéssemos cronometrado nossa viagem para evitar o patrulheiro solitário daquela seção.

O resultado foi exaustivamente frustrante. Por mais medonho que nosso prêmio aparentasse ser, foi, por completo, indiferente a cada solução que injetamos em seu braço negro; soluções preparadas em experiências apenas com espécimes brancos. Assim, ao passo que a horas se aproximavam perigosamente do amanhecer, fizemos como havíamos feito com os outros — arrastamos a coisa pelos campos, até o istmo da floresta próxima à vala comum, e a enterramos ali, no melhor tipo de cova que o solo congelado poderia fornecer. A cova não era muito profunda, mas era tão boa quanto aquela do espécime anterior — da coisa que havia se levantado e produzido um som. Sob a luz de nossas lanternas, nós a cobrimos com cuidado com folhas e videiras mortas, bastante seguros de que os policiais nunca iriam encontrá-la em uma floresta tão escura e densa.

No dia seguinte, eu estava cada vez mais apreensivo em relação à polícia, pois um paciente mencionou rumores de suspeita de uma luta que acabara em morte. West tinha ainda outra fonte de preocupação, já que à tarde fora chamado para atender um caso que terminou de modo muito ameaçador. Uma mulher italiana ficara histérica a respeito de seu filho desaparecido — um menino de 5 anos que havia saído de manhã cedinho e não voltara para o jantar — e tinha desenvolvido sintomas extremamente alarmantes em virtude de um coração sempre fraco. Era uma histeria muito tola, pois o garoto já havia fugido várias vezes antes, mas os camponeses italianos eram excessivamente supersticiosos, e essa mulher parecia perturbada do mesmo modo por presságios e por fatos. Por volta das 7 horas da noite, ela faleceu, e seu marido exaltado fizera uma cena assustadora em seus esforços para matar West, a quem culpava desvairadamente por não salvar a vida da esposa. Amigos o seguraram quando ele sacou um punhal, mas West foi embora em meio a seus gritos inumanos, pragas e juramentos de vingança. Em seu último sofrimento, o sujeito parecia ter se esquecido do filho, que seguia desaparecido enquanto a noite avançava. Falou-se algo sobre uma busca na floresta, porém a maior parte dos amigos da família estava ocupada com a mulher morta e o homem que continuava a gritar. Considerando tudo, a tensão nervosa sobre West deve ter sido tremenda. Pensamentos sobre a polícia e o italiano louco pesavam em demasia.

Nós nos recolhemos por volta das 11 horas, mas não dormi bem. Bolton dispunha de uma força policial surpreendentemente boa para uma cidade tão pequena, e não pude evitar temer os apuros que se sucederiam caso o acontecimento da noite passada fosse descoberto. Poderia significar o fim de todo o nosso trabalho local — e talvez a prisão tanto para West como para mim. Não gostava desses rumores acerca de uma luta que estavam correndo por aí. Depois que o relógio bateu 3 horas, a lua brilhou em meus olhos, mas me virei, sem me levantar para fechar as cortinas. Então ouvi um ruído insistente na porta dos fundos.

Fiquei deitado, parado, e um tanto quanto atordoado, entretanto, logo ouvi a batida de West na minha porta. Ele estava usando um roupão e chinelos, e tinha em suas mãos um revólver e uma lanterna elétrica. Pelo revólver, soube que estava pensando mais no italiano maluco do que na polícia.

— É melhor nós dois irmos — ele sussurrou. — De nada adiantaria não atender, de qualquer maneira, e pode ser um paciente. Pode ser um daqueles estúpidos que batem na porta dos fundos.

Então ambos descemos as escadas na ponta dos pés, com um temor em parte justificado, em parte sendo aquele que vem da alma apenas nas estranhas horas da madrugada. O barulho continuou, tornando-se um pouco mais alto. Quando alcançamos a porta, soltei o trinco com cuidado e a abri, e enquanto a luz da lua se derramava reveladoramente sobre a forma ali destacada, West fez uma coisa peculiar. Apesar do perigo óbvio de atrair atenção e motivar a temida investigação policial — algo que, no fim das contas, foi misericordiosamente evitado em virtude do relativo isolamento do nosso chalé — meu amigo, de repente, de maneira entusiasmada e desnecessária, esvaziou todas as seis balas do revólver no visitante noturno.

Pois aquele visitante não era nem o italiano, nem um policial. Assomando horrivelmente contra o luar espectral estava uma gigantesca coisa disforme que não pode ser imaginada, salvo em pesadelos — uma aparição de olhos vidrados, preta como tinta, quase de quatro, coberta com pedaços de mofo, folhas e videiras, suja de sangue endurecido, segurando entre os dentes brilhantes um objeto branco como a neve, terrível, cilíndrico e que terminava em uma pequena mão.

Parte IV

O grito dos mortos

O grito de um homem morto me provocou aquele horror agudo e adicional em relação ao dr. Herbert West que atormentara os últimos anos de nosso companheirismo. É natural que algo como o grito de um homem morto cause horror, pois obviamente não é uma ocorrência agradável ou comum; mas eu estava acostumado com experiências similares, por isso, nessa ocasião, sofri em razão de apenas uma circunstância em particular. E, como havia sugerido, não foi do homem morto em si que fiquei com medo.

Herbert West, de quem eu era sócio e assistente, tinha interesses científicos que iam muito além da rotina habitual de um médico de um vilarejo. Foi por isso que, ao estabelecer seu consultório em Bolton, escolhera uma casa isolada próxima da vala comum. Instituído de maneira breve e brutal, o único interesse envolvente de West era um estudo secreto sobre o fenômeno da vida e sua interrupção, levando à reanimação dos mortos com injeções de uma solução estimulante. Para esse experimento medonho era necessário ter um fornecimento constante de corpos humanos muito frescos; muito frescos, pois até mesmo a degradação mínima danificava extremamente a estrutura cerebral, e humanos porque descobrimos que a solução precisava ser composta de maneiras diferentes para tipos de organismos diversos. Muitos coelhos e porquinhos-da-índia foram mortos e tratados, sem resultados, porém. West nunca tinha alcançado completamente o sucesso porque nunca conseguira obter um cadáver fresco o suficiente. O que ele queria eram corpos dos quais a vida tinha apenas se extinguido; corpos com cada célula intacta e capazes de receber outra vez o impulso para o tipo de mecanismo chamado vida. Havia esperança de que essa segunda vida, artificial, pudesse se tornar perpétua com repetidas injeções, mas aprendemos que um ser vivo comum não responderia à ação. Para estabelecer o mecanismo artificial, a vida natural devia estar extinta — os espécimes deviam estar muito frescos, mas verdadeiramente mortos.

A busca impressionante havia começado quando West e eu éramos estudantes na Escola de Medicina da Universidade Miskatonic, em Arkham, vividamente conscientes pela primeira vez da natureza da vida totalmente mecânica. Isso foi sete anos antes, mas agora, West mal parecia estar um dia mais velho — ele era pequeno, loiro, barbeado, de voz suave e usava óculos, e apenas um lampejo ocasional em seu olho azul frio revelava o fanatismo endurecido e crescente de seu caráter sob a pressão de suas terríveis investigações. Nossas experiências foram frequentemente horríveis ao extremo; os resultados da reanimação defeituosa, quando caroços de argila de cemitério haviam sido estimulados ao movimento mórbido, artificial e insensato por várias modificações na solução vital.

A CIDADE SEM NOME

Uma das coisas havia dado um grito de arrasar os nervos; outra havia levantado com violência e nos espancado até a inconsciência, e tinha corrido desvairadamente antes que pudesse ser colocada atrás das barras do hospício; outra ainda, uma monstruosidade africana repugnante, havia cavoucado para fora de sua cova rasa e realizado uma façanha — West precisara atirar naquele objeto. Não tínhamos conseguido corpos frescos o suficiente para apresentar qualquer traço de razão quando reanimados, então havíamos necessariamente criado horrores inexprimíveis. Era perturbador pensar que um, talvez dois de nossos monstros ainda viviam — aquele pensamento nos assombrava de maneira mórbida, até que, por fim, West desapareceu sob circunstâncias assustadoras. Mas na época do grito no laboratório do porão do isolado chalé em Bolton, nossos medos estavam subordinados à nossa ansiedade por espécimes extremamente frescos. West estava mais ávido do que eu, de modo que quase parecia que ele aparentava olhar com cobiça para qualquer ser vivo bastante saudável.

Foi em julho de 1910 que a má sorte em relação aos espécimes começou a virar. Eu estivera em uma longa visita aos meus pais em Illinois e, após meu retorno, encontrei West em um estado de júbilo singular. Ele me contou com animação que tinha, muito provavelmente, resolvido o problema do frescor com uma abordagem de um ângulo inédito — a preservação artificial. Sabia que ele estava trabalhando em um composto embalsamador novo e bastante incomum, e não fiquei surpreso que tivesse dado certo; mas até que ele explicasse os detalhes, estava bastante intrigado a respeito de como esse composto poderia auxiliar em nosso trabalho, já que a obsolescência indesejável de nossos espécimes se devia em grande parte à demora antes de obtê-los. Isso, eu via agora, West havia claramente reconhecido, criando seu composto embalsamador para uso futuro em vez de imediato e confiando no destino para fornecer outra vez alguns cadáveres muito recentes e ainda não enterrados, como acontecera anos antes quando conseguimos o negro, morto no campeonato de boxe em Bolton. Por fim, o destino fora generoso, de modo que, nessa ocasião, jazia no laboratório secreto do porão um cadáver cuja decomposição não poderia, de modo algum, ter se iniciado. O que aconteceria na reanimação, ou se poderíamos esperar por uma revitalização da mente e da razão, West não se aventurou a prever. A experiência seria um marco em nossos estudos, e ele tinha guardado o novo corpo para o meu retorno, para que nós dois pudéssemos compartilhar o espetáculo da maneira costumeira.

West me contou como havia obtido o espécime. Fora um homem vigoroso; um estranho bem-vestido que acabara de sair do trem e estava a caminho de fazer negócios com a Fábrica de Lã Penteada de Bolton. A caminhada pela cidade tinha sido longa, e no momento em que o viajante parara em nosso chalé para pedir indicações sobre o caminho para as fábricas, seu coração estava enormemente sobrecarregado. Ele havia recusado um estimulante e, de repente, caíra morto, apenas um instante depois. O corpo, como era de se esperar, pareceu a West um presente enviado dos céus. Em sua breve conversa, o estranho deixara claro que era desconhecido em Bolton, e uma busca em seus bolsos revelou logo em seguida que era Robert Leavitt, de St. Louis, aparentemente sem uma família para fazer investigações imediatas sobre seu desaparecimento. Se esse homem não pudesse ser restaurado à vida, ninguém saberia de nossa experiência. Nós enterraríamos nosso material em uma faixa densa da floresta entre a casa e a vala comum. Se, por outro lado, pudesse ser restaurado, nossa fama seria brilhante e eternamente estabelecida. Então, sem demora, West injetou no pulso do corpo o composto que o manteria fresco para uso depois da minha chegada. A questão do coração presumivelmente fraco, que, na minha opinião, colocaria em perigo o sucesso do nosso experimento, não aparentou incomodar muito West. Ele esperava enfim obter o que nunca havia obtido antes — uma faísca renovada de razão e, talvez, uma criatura viva e normal.

A CIDADE SEM NOME

Então, na noite de 18 de julho de 1910, Herbert West e eu estávamos no laboratório do porão e olhamos para a figura branca e silenciosa sob a luz ofuscante da lâmpada a arco voltaico. O composto embalsamador havia funcionado estranhamente bem, pois, enquanto encarava fascinado a estrutura robusta que jazia há duas semanas sem enrijecer, fui levado a buscar a garantia de West de que a coisa estava realmente morta. Ele me assegurou do fato com prontidão; lembrando-me de que a solução de reanimação nunca fora usada sem testes cuidadosos quanto à vitalidade, pois poderia não ter efeito nenhum se qualquer traço da vida original estivesse presente. Enquanto West prosseguia em realizar as etapas preliminares, fiquei impressionado com a vasta complexidade do novo experimento; uma complexidade tão enorme que ele não podia confiar em nenhuma mão menos delicada que a própria. Proibindo-me de tocar o corpo, primeiro ele injetou uma droga no pulso do homem, bem ao lado do local que sua agulha havia perfurado ao injetar o composto embalsamador. Isso, ele disse, era para neutralizar o composto e liberar o sistema para um relaxamento normal, de modo que a solução de reanimação pudesse trabalhar livremente quando injetada. Logo depois, quando uma mudança e um leve tremor pareceram afetar os membros mortos, West enfiou um objeto, como um travesseiro, com violência sobre o rosto estremecido, sem retirá-lo até que o cadáver parecesse quieto e pronto para a nossa tentativa de reanimação. Então, o entusiasta pálido realizou alguns últimos testes superficiais para confirmar a ausência absoluta de vida, recuou satisfeito e finalmente injetou no braço esquerdo uma quantidade do elixir vital medida com precisão, preparada durante a tarde com mais cuidado do que em nossos dias de faculdade, quando nossos feitos eram recentes e tateantes. Não consigo expressar o suspense louco e ofegante com o qual esperamos pelos resultados nesse primeiro espécime realmente fresco — o primeiro que nos dava uma esperança razoável

H.P. LOVECRAFT

de que abrisse os lábios em um discurso racional, talvez para contar sobre o que tinha visto além do abismo incomensurável.

West era um materialista, não acreditava em alma e atribuía todo o trabalho da consciência a fenômenos corporais; por conseguinte, não procurava por revelações de segredos hediondos de golfos e cavernas além da barreira da morte. Em teoria, não discordava por completo dele, contudo, guardava vagos resquícios instintivos da fé primitiva dos meus antepassados; assim, não podia evitar olhar para o cadáver com determinada quantidade de espanto e terrível expectativa. Além disso, não conseguia afastar da memória aquele grito horrível e inumano que ouvimos na noite em que fizemos nosso primeiro experimento na fazenda deserta em Arkham.

Muito pouco tempo havia transcorrido antes que eu visse que a tentativa não seria um fracasso total. Um toque de cor se revelou em suas bochechas até então brancas como giz e se espalhou sob a barba loira escura, curiosamente vasta e ainda por fazer. West, que mantinha a mão sobre o pulso no punho esquerdo do cadáver, de repente acenou significativamente; e quase ao mesmo tempo uma névoa surgiu no espelho inclinado sobre a boca do corpo. Seguiram-se alguns movimentos musculares espasmódicos, e então uma respiração audível e um visível movimento do tórax. Olhei para as pálpebras fechadas, e pensei ter detectado um estremecimento. Então elas se abriram, revelando olhos que eram acinzentados, calmos e vivos, mas ainda ininteligentes e despidos de curiosidade.

Em um momento de extravagância fantástica, sussurrei perguntas para os ouvidos avermelhados; perguntas de outros mundos dos quais a memória ainda podia estar presente. O terror subsequente as afastou da minha mente, mas acredito que a última, que eu repetia, era: "Onde você esteve?". Ainda não sei se fui respondido ou não, pois nenhum som saiu da boca bem-contornada; entretanto sei que naquele momento firmemente pensei que os lábios finos se moveram em silêncio, formando sílabas que eu poderia ter vocalizado como "apenas agora" se aquela frase tivesse qualquer sentido ou relevância. Naquele momento, como eu disse, estava exultante com a convicção de que o grande objetivo tinha sido atingido; e que pela primeira vez um cadáver reanimado havia pronunciado palavras distintas motivado por uma razão verdadeira. No momento seguinte, não havia dúvida sobre o triunfo; nenhuma dúvida de que a solução tinha de fato realizado, ao menos temporariamente, sua missão completa de restaurar a vida racional e articulada aos mortos. Mas naquele triunfo veio a mim o maior de todos os horrores — não um horror da coisa que falava, mas do feito que tinha testemunhado e do homem com quem meu destino profissional fora unido.

Pois aquele mesmo corpo fresco, finalmente se contorcendo em completa e aterrorizante consciência, com olhos dilatados pela memória de sua última cena na terra, atirou as mãos frenéticas numa luta de vida ou morte com o ar, e de repente colapsando em uma segunda e final dissolução da qual não poderia haver retorno, deu um grito que vai ressoar eternamente em meu cérebro dolorido:

— Socorro! Afaste-se, seu maldito demoniozinho loiro! Mantenha essa maldita agulha longe de mim!

Parte V

O horror vindo das sombras

Muitos homens relataram coisas horríveis, que não foram impressas, ocorridas nos campos de batalha da Grande Guerra. Algumas delas me fizeram desmaiar, outras me agitaram com uma náusea devastadora, enquanto outras ainda me fizeram tremer e olhar sobre os ombros no escuro; contudo, apesar da pior dessas histórias, acredito que eu mesmo posso relatar a mais terrível de todas — o horror chocante, anormal e inacreditável vindo das sombras.

Em 1915, eu era um médico com a patente de primeiro-tenente no regimento canadense em Flandres, um dos muitos norte-americanos a anteceder o próprio governo na gigantesca batalha. Não havia entrado no exército por iniciativa própria, e sim como um resultado natural do alistamento do homem de quem eu era assistente indispensável — o aclamado especialista cirúrgico de Boston, Dr. Herbert West. O Dr. West estivera ávido por uma chance de servir como cirurgião na Grande Guerra, e quando a chance apareceu, carregou-me com ele quase contra a minha vontade. Havia razões pelas quais eu poderia ter ficado contente em deixar a guerra nos separar; razões pelas quais considero a prática da medicina e a companhia de West cada vez mais irritantes; mas quando ele foi para Ottawa e, por meio da influência de um colega, garantira uma patente médica como major, não pude resistir à persuasão imperiosa de alguém que estava determinado de que eu deveria acompanhá-lo em minha costumeira função.

Quando digo que o Dr. West estava ávido por servir em batalha, não tenho a intenção de sugerir que ele era um guerreiro nato ou que estava ansioso pela segurança da civilização. Sempre uma máquina intelectual gélida; pequeno, loiro, de olhos azuis e usando óculos; acho que ele secretamente zombava de meus entusiasmos marciais ocasionais e censuras de neutralidade indolente. Havia, no entanto, algo que ele queria na Flandres preparada para o combate; e para garanti-lo, precisava assumir uma aparência militar. O que ele queria não era uma coisa que muitas pessoas querem, e sim algo conectado à área peculiar da ciência médica que tinha escolhido seguir de modo bastante clandestino, e na qual havia alcançado resultados inacreditáveis e, vez ou outra, horríveis. Era, na verdade, nada mais, nada menos do que um suprimento abundante de homens mortos recentemente em todo estado de desmembramento.

Herbert West precisava de corpos frescos porque o trabalho de sua vida era a reanimação dos mortos. Esse trabalho não era conhecido pela clientela elegante que havia tão rapidamente construído sua fama depois da chegada dele a Boston; mas era muito bem conhecida por mim, que fui seu amigo mais próximo e único assistente desde os velhos tempos na Escola de Medicina da Universidade Miskatonic, em Arkham. Foi naqueles dias de faculdade que ele começou seus terríveis experimentos, primeiro com pequenos animais e, então, com corpos humanos obtidos de modo chocante. Havia uma solução que ele injetava nas veias de coisas mortas, e se elas estavam frescas o suficiente, respondiam de maneiras estranhas. Ele havia tido muito trabalho para descobrir a fórmula apropriada, pois se revelou que, para cada tipo de organismo, era necessário um estímulo especialmente adaptado. O terror o perseguia quando ele refletia sobre seus fracassos parciais; coisas inomináveis resultando de soluções imperfeitas ou de corpos que não estavam frescos o bastante. Determinado número desses fracassos havia permanecido vivo — um estava num hospício, enquanto outros haviam desaparecido — e enquanto pensava sobre eventualidades concebíveis, embora praticamente impossíveis, com frequência estremecia sob sua usual frieza.

West logo havia aprendido que o absoluto frescor era o principal requisito para espécimes úteis, portanto, tinha recorrido a recursos assustadores e anormais no roubo de corpos. Na faculdade e no começo de nosso consultório conjunto na cidade fabril de Bolton, minha postura em relação a ele havia sido principalmente de admiração fascinada; mas conforme a ousadia de seus métodos crescia, comecei a desenvolver um medo corrosivo. Não gostava do jeito como ele olhava para os corpos vivos e saudáveis; e então ocorreu uma sessão aterrorizadora no laboratório do porão, em que descobri que determinado espécime estava vivo quando ele o obtivera. Aquela foi a primeira vez que ele sequer foi capaz de reanimar a qualidade do pensamento racional em um cadáver; e seu sucesso, obtido a um custo repugnante, o havia endurecido completamente.

Sobre seus métodos nos cinco anos intermediários, não ouso falar. Estava preso a ele pela pura força do medo, e havia testemunhado visões que nenhuma língua humana poderia repetir. Aos poucos, passei a achar Herbert West em si mais horrível do que as coisas que fizera — foi quando me dei conta de que seu natural entusiasmo científico em prolongar a vida havia sutilmente se transformado numa simples curiosidade mórbida e macabra e numa sensação secreta de caráter pitoresco e sepulcral. Seu interesse se tornou um vício infernal e perverso pelo que era repulsivo e diabolicamente anormal; com tranquilidade, ele se regozijava com monstruosidades artificiais que fariam a maior parte dos homens saudáveis morrer de medo e nojo; tornara-se, por trás de sua intelectualidade pálida, um Baudelaire meticuloso do experimento físico — um Heliogábalo lânguido das tumbas.

Ele enfrentava perigos inflexivelmente; e cometia crimes de modo impassível. Acredito que o clímax veio quando comprovou que a vida racional podia ser restaurada, e tinha procurado novos mundos para conquistar ao experimentar a reanimação de partes decepadas do corpo. Tinha ideias loucas e originais sobre as propriedades vitais independentes de células orgânicas e tecidos nervosos separados dos sistemas fisiológicos naturais; e alcançara alguns resultados preliminares horríveis na forma de tecidos duradouros, nutridos artificialmente e obtidos com ovos quase chocados de um réptil tropical indescritível. Estava ansioso para determinar dois pontos biológicos — primeiro, se qualquer quantidade de consciência e ação racional seria possível sem o cérebro, prosseguindo da medula espinhal e vários centros nervosos; e, segundo, se algum tipo de relação etérea e intangível distinta das células materiais poderia existir para conectar as partes separadas cirurgicamente do que antes havia sido um único organismo vivo. Toda essa pesquisa demandava um fornecimento prodigioso de carne humana abatida há pouco tempo — e foi por isso que Herbert West se alistou para a Grande Guerra.

A coisa fantástica e impronunciável aconteceu à meia-noite, no fim de março de 1915, em um acampamento médico atrás das trincheiras em St. Eloi. Eu me pergunto ainda hoje se pode ter sido outra coisa senão um sonho de delírio demoníaco. West tinha um laboratório particular no cômodo leste do edifício temporário, parecido com um celeiro, atribuído a ele sob o apelo de que estava inventando métodos novos e radicais para o tratamento de casos de mutilação até então sem esperança de cura. Ali ele trabalhava como um açougueiro em meio a seus produtos sangrentos — nunca poderia me acostumar com a frivolidade com que ele lidava com certas coisas e as catalogava. Às vezes, ele realmente realizava maravilhas da cirurgia para os soldados, mas seus principais prazeres eram de uma espécie um pouco menos pública e filantrópica, exigindo muitas explicações sobre sons que pareciam peculiares mesmo em meio à babilônia dos condenados. Entre esses sons eram frequentes tiros de revólver — sem dúvida comuns no campo de batalha, porém distintamente raros em um hospital. Os espécimes reanimados do Dr. West não eram destinados à longa existência ou a um grande público. Além do tecido humano, West empregava muito do tecido embrionário do réptil, que havia cultivado com resultados tão singulares. Era melhor do que o material humano para preservar a vida em fragmentos sem órgãos, e agora essa era a atividade principal do meu amigo. Em um canto escuro do laboratório, sobre uma estranha incubadora, ele mantinha uma grande vasilha coberta e cheia dessa matéria celular reptiliana, que se multiplicava e crescia, inchada e horrível.

Na noite à qual me refiro, havíamos obtido um novo espécime esplêndido — um homem ao mesmo tempo fisicamente poderoso e com uma mentalidade tão elevada que um sistema nervoso sensível estava garantido. Era bastante irônico, pois ele era o oficial que havia auxiliado West no alistamento, e agora seria o nosso parceiro. Além disso, no passado, ele tinha estudado secretamente a teoria da reanimação até certo ponto sob a influência de West. O major Sir Eric Moreland Clapham-Lee, condecorado pela Ordem de Serviços Distintos, era o maior cirurgião em nossa divisão, e havia sido alocado com rapidez no setor de St. Eloi quando as notícias de batalhas pesadas chegaram ao quartel-general. Ele viera em um aeroplano pilotado pelo intrépido Tenente Ronald Hill, apenas para ser abatido quando estava bem acima de seu destino. A queda tinha sido espetacular e horrível; Hill ficara irreconhecível depois disso, contudo, apesar de o acidente ter deixado o grande cirurgião em uma condição quase decapitada, seu corpo continuava intacto. West havia agarrado avidamente a coisa sem vida que certa vez fora seu amigo e colega de estudo; e estremeci quando terminou de decepar a cabeça, colocou-a em sua vasilha infernal de tecido reptiliano carnudo para preservá-la para futuros experimentos e continuou a tratar o corpo decapitado na mesa de operação. Ele injetou sangue novo, suturou algumas veias, artérias e nervos no pescoço sem cabeça e fechou a abertura medonha com pele enxertada de um ser não identificado que portava um uniforme de oficial. Eu sabia o que ele queria — ver se o corpo altamente organizado poderia exibir, sem a cabeça, qualquer um dos sinais de vida mental que havia distinguido o Sir Eric Moreland Clapham-Lee. Antes um estudante da reanimação, esse silencioso tronco fora agora horrivelmente convocado para exemplificá-la.

Ainda posso ver Herbert West sob a luz elétrica sinistra enquanto injetava sua solução reanimadora no braço do corpo sem cabeça. Não consigo descrever esta cena — desmaiaria se tentasse, pois há loucura em um cômodo cheio de coisas sepulcrais e confidenciais, com sangue e pequenos destroços humanos quase à altura do tornozelo no chão pegajoso, além de anormalidades reptilianas horríveis brotando, borbulhando e aquecendo sobre um espectro piscante verde-azulado de chamas baixas em um canto distante em meio às sombras obscuras.

O espécime, como West repetidamente observou, tinha um sistema nervoso esplêndido. Muito se esperava disso; e conforme alguns poucos espasmos começaram a aparecer, pude ver o interesse febril no rosto de West. Ele estava pronto, eu acho, para ver provas de sua opinião cada vez mais forte de que a consciência, a razão e a personalidade podiam existir de modo independente do cérebro — de que o homem não tem nenhum espírito conectivo central, é apenas uma máquina de matéria nervosa, com cada uma das partes mais ou menos completa em si mesma. Em uma demonstração triunfante, West estava prestes a relegar o mistério da vida à categoria de mito. O corpo agora tremia mais vigorosamente, e à nossa vista, começou a se levantar assustadoramente. Os braços se mexeram de maneira inquietante, as pernas se elevaram e vários músculos se contraíram em um contorcionismo repulsivo. A coisa sem cabeça atirou os braços em um gesto óbvio de desespero — um desespero aparentemente inteligente o bastante para comprovar cada teoria de Herbert West. Com certeza, os nervos estavam recordando a última ação do homem em vida; o esforço para se libertar do aeroplano em queda.

O que se seguiu, jamais saberei com certeza. Pode ter sido completamente uma alucinação do choque causado naquele instante pela destruição repentina e absoluta do edifício em um cataclisma da artilharia alemã — quem pode nos contradizer, já que West e eu fomos os únicos sobreviventes? West gostava de pensar assim antes do seu recente desaparecimento, mas havia vezes em que não podia, pois era estranho que nós dois tivéssemos a mesma alucinação. O acontecimento hediondo em si era muito simples, notável apenas pelo que insinuava.

O corpo na mesa havia se levantado com um tatear cego e terrível, e tínhamos ouvido um som. Não devo chamar aquele som de voz, já que era horrível demais. Contudo, otimbre não era a coisa mais horrível a seu respeito. Também não era a mensagem — ele tinha apenas gritado: "Pule, Ronald, pelo amor de Deus, pule!". A coisa horrível era sua fonte.

Pois ela tinha vindo da grande vasilha coberta naquele canto macabro em meio a sombras obscuras e rastejantes.

Parte VI

As legiões das tumbas

Quando o Dr. Herbert West desapareceu um ano atrás, a polícia de Boston me interrogou rigorosamente. Eles suspeitaram que eu estava escondendo alguma coisa, e talvez suspeitassem de coisas mais sérias; mas não podia contar a verdade, porque eles não teriam acreditado. Sabiam, de fato, que West estivera ligado a atividades além da crença de homens comuns, pois seus experimentos horríveis com a reanimação de cadáveres haviam sido extensos demais, e por um longo tempo, para admitir um sigilo perfeito; mas a catástrofe final devastadora de almas continha elementos de fantasia demoníaca que fazem com que até mesmo eu duvide da realidade do que vi.

Eu era o amigo mais próximo de West e seu único assistente confidencial. Havíamos nos conhecido anos atrás, na faculdade de medicina, e desde o início, compartilhei de suas pesquisas terríveis. Ele havia lentamente tentado aperfeiçoar uma solução que, ao ser injetada nas veias dos recém-falecidos, restauraria a vida; um trabalho que demandava uma abundância de cadáveres frescos e, portanto, que envolvia as ações mais anormais. Ainda mais chocantes eram os produtos de alguns dos experimentos — montes horrendos de carne que haviam estado mortos, mas que West acordara para uma reanimação cega, insensata e nauseante. Esses eram os resultados habituais, já que, a fim de despertar a mente, era necessário ter espécimes tão absolutamente frescos que nenhuma deterioração pudesse afetar as delicadas células cerebrais.

Essa necessidade de cadáveres muito frescos havia sido a destruição moral de West. Era difícil consegui-los, e em um dia terrível, ele havia garantido seu espécime enquanto este ainda estava vivo e vigoroso. Uma luta, uma agulha e um alcaloide poderoso o haviam transformado em um cadáver bastante fresco, e o experimento teve êxito por um momento breve e memorável; mas West emergira com uma alma insensível e calejada, e com um olhar endurecido que às vezes avaliava de modo monstruoso e calculista os homens de cérebro especialmente sensível e físico particularmente vigoroso. No fim, acometeu-me um temor agudo de West, pois ele começou a olhar para mim daquele jeito. As pessoas não pareciam notar seus olhares, porém notavam o meu medo; e, depois de seu desaparecimento, usavam isso como base para algumas suspeitas absurdas.

West, na verdade, tinha mais pavor do que eu; uma vez que suas buscas abomináveis envolviam uma vida de furtividade e pânico de cada sombra. Em parte, era a polícia que ele temia; mas, às vezes, seu nervosismo era mais profundo e nebuloso, relacionado a certas coisas indescritíveis nas quais havia injetado uma vida mórbida, e das quais não tinha visto essa vida partir. Ele normalmente finalizava seus experimentos com um revólver, mas algumas vezes não tinha sido rápido o suficiente. Havia aquele primeiro espécime em cujo túmulo revirado marcas de escavação foram encontradas mais tarde. Havia também aquele corpo do professor de Arkham que tinha cometido canibalismo antes de ser capturado e trancado, sem identificação, em uma cela do Hospício Sefton, onde ficou se debatendo contra paredes por 16 anos. A maioria dos outros possíveis sobreviventes eram coisas sobre as quais era mais difícil falar — pois nos anos posteriores, o entusiasmo científico de West havia deteriorado para uma mania doentia e fantástica, e ele havia gastado sua principal habilidade de dar vida não a corpos humanos inteiros, e sim a partes isoladas dos corpos, ou partes unidas à matéria orgânica que não era humana. Tinha se tornado diabolicamente repugnante na época em que desapareceu; muitos dos experimentos não podem nem sequer ser insinuados por escrito. A Grande Guerra, durante a qual nós dois servimos como cirurgiões, havia intensificado esse lado de West.

Ao dizer que o temor de West por seus espécimes era nebuloso, tenho em mente especialmente sua natureza complexa. Parte dele se originava apenas do conhecimento da existência de tais monstros desconhecidos, enquanto outra parte surgia da apreensão dos ferimentos corporais que eles poderiam lhe causar sob determinadas circunstâncias. O desaparecimento desses seres adicionava horror à situação — de todos eles, West sabia o paradeiro de apenas um, a coisa deplorável no hospício. Havia ainda um medo mais sutil — uma sensação muito grotesca resultante de um curioso experimento no exército canadense em 1915. West, em meio a uma dura batalha, tinha reanimado o Major Sir Eric Moreland Clapham-Lee, condecorado pela Ordem de Serviços Distintos, um colega médico que sabia de seus experimentos e poderia tê-los repetido. A cabeça tinha sido removida, de modo que as possibilidades de vida semi-inteligente no tronco poderiam ser investigadas. No exato momento em que o edifício foi destruído por um bombardeio alemão, ele obteve sucesso. O tronco havia se movido de maneira inteligente; e, é inacreditável de relatar, estávamos doentiamente seguros de que os sons articulados vinham da cabeça separada que jazia em um canto obscuro do laboratório. O bombardeio havia sido misericordioso, de certa forma — mas West nunca poderia ter tanta certeza, como desejava, de que nós dois éramos os únicos sobreviventes. Ele costumava fazer conjecturas mortificantes sobre as ações possíveis de um médico sem cabeça com o poder de reanimar os mortos.

A última morada de West foi uma casa venerável de muita elegância, com vista para um dos mais antigos cemitérios de Boston. Ele havia escolhido o lugar por razões puramente simbólicas e fantasticamente estéticas, já que a maior parte dos sepultamentos era do período colonial, portanto, de pouca serventia para um cientista em busca de corpos muito frescos. O laboratório ficava em um porão construído secretamente por trabalhadores estrangeiros e continha um enorme incinerador para o descarte silencioso e completo de tais corpos, ou fragmentos e imitações sintéticas de corpos, que poderiam sobrar dos experimentos mórbidos e divertimentos profanos do dono. Durante a escavação desse porão, os trabalhadores atingiram alguma construção excessivamente antiga; sem dúvida conectada com o velho cemitério, embora profunda demais para corresponder a qualquer sepultura do local. Depois de uma série de cálculos, West decidiu que ela representava alguma câmara secreta abaixo da tumba de Averills, onde o último sepultamento fora realizado, em 1768. Eu estava junto quando ele estudou as paredes nitrosas e gotejantes reveladas pelas pás e enxadas dos homens, e me sentia preparado para a emoção abominável que acompanharia a descoberta de segredos de túmulos seculares; mas, pela primeira vez, a nova timidez de West subjugou sua curiosidade natural, e ele traiu sua natureza degenerada ao ordenar que a construção fosse mantida intacta e rebocada. Assim ela permaneceu até aquela última noite infernal, parte das paredes do laboratório secreto. Falo sobre a decadência de West, porém devo acrescentar que era algo puramente mental e intangível. Na aparência, ele foi o mesmo até o último momento — tranquilo, frio, pequeno, loiro, de olhos azuis e óculos, e um aspecto geral de juventude que os anos e os medos nunca pareceram alterar. Parecia estar calmo mesmo quando pensava naquela cova toda escavada e olhava por sobre os ombros; mesmo quando pensava na coisa carnívora que grunhia e batia com as patas nas barras de Sefton.

O fim de Herbert West começou certa noite em nosso escritório conjunto, em que ele estava dividindo seu olhar curioso entre mim e o jornal. Uma estranha manchete nas páginas amassadas o atingira, e uma garra titânica desconhecida parecera alcançá-lo depois de 16 anos. Algo apavorante e incrível havia acontecido no Hospício Sefton, a 80 quilômetros de distância, chocando a vizinhança e deixando a polícia perplexa. Ao amanhecer, um grupo de homens silenciosos havia entrado no local, e seu líder havia despertado os funcionários. Tratava-se de uma figura militar ameaçadora que falava sem mover os lábios e cuja voz parecia estar quase conectada, como que por ventriloquia, com a enorme mala preta que carregava. Seu rosto sem expressão era de uma beleza radiante, mas havia assombrado o superintendente quando a luz do corredor incidira sobre ele — pois era um rosto de cera com olhos de vidro pintados. Algum acidente inominável havia acontecido com ele. Um grandalhão guiava seus passos; um trambolho repulsivo cuja face azulada parecia ter sido meio carcomida por alguma doença desconhecida. O locutor havia pedido pela custódia do monstro canibal internado em Arkham há 16 anos; e, ao ter o pedido negado, deu um sinal que precipitou uma rebelião chocante. Os demônios haviam espancado, pisoteado e mordido cada funcionário que não fugira, matando quatro deles e finalmente conseguindo a libertação do monstro. Aquelas vítimas que podem se lembrar do acontecimento sem histeria juram que as criaturas haviam se comportado menos como homens do que como seres autômatos guiados pelo líder de rosto de cera. Na hora em que a ajuda pôde ser chamada, cada vestígio dos homens e de seu mestre louco havia desaparecido.

Do momento em que leu este artigo até a meia-noite, West ficou sentado, quase paralisado. Nesse instante, a campainha tocou, assustando-o terrivelmente. Todos os empregados estavam dormindo no sótão, então atendi a porta. Como disse à polícia, não havia nenhum carro na rua, apenas um grupo de figuras de aparência estranha que carregava uma grande caixa quadrada, a qual colocaram no corredor depois que um deles resmungou com uma voz altamente artificial: "Entrega rápida — pré-paga". Eles caminharam em fila para fora da casa com um andar trôpego, e enquanto os via ir embora, tive a estranha ideia de que estavam se voltando para o antigo cemitério com o qual os fundos da casa faziam fronteira. Quando bati a porta atrás deles, West desceu as escadas e olhou para a caixa. As laterais mediam cerca de 40 centímetros, e ela trazia o nome correto de West e seu endereço atual. Também estampava a inscrição: "De Eric Moreland Clapham-Lee, St. Eloi, Flandres". Seis anos antes, em Flandres, um hospital bombardeado desabara sobre o tronco reanimado e decapitado do Dr. Clapham-Lee, e sobre a cabeça decepada que — talvez — pronunciara sons articulados.

West não estava nem mesmo agitado agora. Sua condição era mais lívida. Rapidamente, ele disse:

— É o final. Mas vamos incinerar isso.

Carregamos a coisa para o laboratório abaixo, escutando. Não me lembro de muitos detalhes — você pode imaginar o estado da minha mente — mas é uma mentira perversa dizer que foi o corpo de Herbert West que coloquei no incinerador. Nós dois inserimos a caixa de madeira intacta, fechamos a porta e ligamos a eletricidade. Nenhum som veio da caixa no fim das contas.

Foi West quem primeiro notou o reboco caindo naquela parte da parede onde a construção da antiga tumba havia sido coberta. Estava prestes a correr, mas ele me impediu. Então vi uma pequena abertura obscura, senti um vento gelado, macabro, e o cheiro das entranhas sepulcrais de uma terra putrefata. Não havia som nenhum, mas bem naquele momento, as luzes elétricas se apagaram e vi, delineada contra alguma fosforescência do mundo inferior, uma horda de coisas silenciosas e enrijecidas que apenas a insanidade — ou pior — podiam criar. Seus contornos eram humanos, semi-humanos, ligeiramente humanos e nem um pouco humanos — a horda era heterogênea de uma maneira grotesca. Estavam removendo as pedras em silêncio, uma por uma, da parede centenária. Então, à medida que a fissura se tornou grande o suficiente, entraram no laboratório em uma fila única, liderados por uma coisa falante com uma linda cabeça feita de cera. Um tipo de monstruosidade de olhar maluco atrás do líder agarrou Herbert West. Ele não resistiu, nem disse uma palavra. Então todos saltaram sobre ele e o partiram em pedaços diante dos meus olhos, carregando os fragmentos para dentro daquela catacumba subterrânea de abominações inimagináveis. A cabeça de West foi levada pelo líder de rosto de cera, que vestia um uniforme de oficial canadense. Enquanto ela desaparecia, percebi que os olhos azuis atrás dos óculos ardiam horrivelmente em sua primeira demonstração visível de emoção desvairada.

Os empregados me encontraram de manhã, inconsciente. West havia desaparecido. O incinerador continha apenas cinzas indistintas. Os detetives me interrogaram, mas o que posso dizer? Eles não vão relacionar a tragédia de Sefton com West; nem isso, nem o homem com a caixa, cuja existência eles negam. Contei a eles sobre a abertura, e eles apontaram para a parede de reboco intacta e riram. Então não lhes disse mais nada. Deduzem que estou louco ou sou um assassino — provavelmente estou louco. Mas poderia não estar se aquelas legiões de tumbas malditas não tivessem sido tão silenciosas.

HIPNOS

> "Em relação ao sonho, essa aventura
> sinistra de todas as noites, podemos dizer
> que os homens vão dormir todos os dias
> com uma audácia que seria incompreensível
> se não soubéssemos que é consequência da
> ignorância do perigo."
>
> Baudelaire

Que os deuses misericordiosos, se é que existem, protejam aquelas horas em que nenhuma força de vontade, ou droga que a inteligência do homem conceba, pode me manter afastado do abismo do sono. A morte é misericordiosa, pois dela não há retorno, mas naquele que retorna das mais profundas câmaras da noite, extenuado e consciente, a paz não repousa nunca mais. Fui tolo em mergulhar com um frenesi imprudente em mistérios que homem nenhum deveria penetrar; ele foi tolo ou deus — meu único amigo, que me conduziu e me antecedeu e que, no fim, passou por terrores que ainda podem ser meus.

Nós nos conhecemos, eu me lembro, em uma estação de trem, onde ele era o centro das atenções de uma multidão de curiosos vulgares. Estava inconsciente. Havia caído em um tipo de convulsão que transmitiu a seu corpo fraco e vestido de preto uma estranha rigidez. Acredito que estava então se aproximando dos 40 anos, pois havia rugas profundas em seu rosto pálido e esquelético, mas oval e até bonito; e toques grisalhos no cabelo grosso e ondulado e na barba cheia e curta que, certa vez, fora do mais profundo preto retinto. Sua fronte era branca como o mármore do Pentélico, e de proporções quase divinas.

Disse a mim mesmo, com todo o ardor de um escultor, que esse homem era uma estátua de um fauno saído da antiga Hélade, escavada das ruínas de um templo e de alguma maneira trazida à vida em nossa era opressora apenas para sentir o frio e a pressão de anos devastadores. E quando ele abriu seus imensos olhos negros, encovados e loucamente luminosos, eu soube que a partir de então ele seria o meu único amigo — o único amigo de alguém que nunca tivera um antes — pois vi que tais olhos deviam ter contemplado totalmente a grandeza e o terror de reinos além da consciência e realidade normais; reinos que eu tinha acalentado na imaginação, mas procurado em vão. Então, enquanto eu afastava a multidão, disse-lhe que deveria voltar para casa comigo e ser meu professor e condutor nos mistérios incompreensíveis, e ele assentiu sem falar uma palavra. Depois, vi que sua voz era como música — a música de violas profundas e esferas cristalinas. Conversávamos com frequência à noite, e durante o dia, quando eu esculpia bustos com a aparência dele e entalhava cabeças em miniatura em marfim para imortalizar suas diferentes expressões.

De nossos estudos é impossível falar, uma vez que mantinham uma conexão tão ínfima com qualquer coisa do mundo como os homens o concebem. Eles se concentravam no universo mais vasto e mais chocante, de entidades e consciência sombrias, que se encontram em níveis mais profundos do que a matéria, o tempo e o espaço, e de cuja existência desconfiávamos apenas em certas formas do sono — aqueles sonhos raros além dos sonhos que não acontecem com os homens comuns, mas ocorrem uma ou duas vezes na vida de um homem criativo. O cosmos de nosso conhecimento lúcido, nascido de tal universo como uma bolha nasce do cachimbo de um bobo da corte, toca-o apenas como uma bolha pode tocar sua fonte sardônica quando reabsorvida pelo capricho do bobo da corte. Os estudiosos pouco suspeitam disso tudo, e o ignoram quase completamente. Homens sábios interpretaram sonhos, e os deuses riram. Um homem com olhos orientais disse que todo o tempo e o espaço são relativos, e os homens riram. Mas mesmo aquele homem com olhos orientais não fez mais do que suspeitar. Desejei e tentei fazer mais do que suspeitar, e meu amigo tentou e parcialmente conseguiu. Então, tentamos juntos, e com drogas exóticas buscamos por sonhos terríveis e proibidos na câmara do estúdio da torre da antiga mansão na velha Kent.

Entre as agonias dos dias posteriores está o principal dos tormentos — a impossibilidade de se articular. O que aprendi e vi naquelas horas de exploração ímpia nunca poderá ser contado — pela falta de símbolos ou sugestões em qualquer língua. Digo isso porque, do início ao fim, nossas descobertas compartilhavam apenas da natureza das sensações; sensações relacionadas com nenhuma impressão que o sistema nervoso humano normal é capaz de receber. Elas eram sensações, contudo, dentro delas se encontravam elementos inacreditáveis do tempo e do espaço — coisas que, no fundo, não possuíam existência clara e definida. A locução humana pode expressar melhor o caráter geral de nossas experiências ao chamá-las de mergulhos ou voos; pois em cada fase de revelação, alguma parte de nossa mente se separou de maneira corajosa de tudo o que é real e presente, sobrevoando ao longo de abismos chocantes, escuros e assombrados pelo medo e, vez ou outra, disparando através de certos obstáculos bem definidos e típicos, descritíveis apenas como nuvens de vapores viscosas e bizarras.

Nesses voos negros e imateriais, às vezes estávamos sozinhos e, às vezes, juntos. Quando juntos, meu amigo estava sempre à frente; eu podia perceber a presença dele apesar da ausência de forma por uma espécie de memória pictórica por meio da qual seu rosto aparecia para mim, dourado em virtude de uma luz esquisita e amedrontador com sua estranha beleza, as bochechas anomalamente viçosas, os olhos flamejantes, a fronte majestosa, o cabelo sombreado e a barba crescida.

Do progresso do tempo não mantivemos registros, pois, para nós, ele se tornara a mais simples das ilusões. Só sei que deve ter havido algo muito singular envolvido, já que chegamos ao ponto de nos maravilhar por não estar envelhecendo. Nosso discurso era profano, e sempre terrivelmente ambicioso — nenhum deus ou demônio poderia ter aspirado descobertas e conquistas como aquelas que planejávamos em sussurros. Estremeço ao falar delas, e não me atrevo ser explícito; embora diga que meu amigo certa vez escreveu em um papel um desejo que não ousava pronunciar em voz alta, e me fez queimar a anotação e olhar atemorizado para fora da janela, para o céu noturno estrelado. Vou sugerir — apenas sugerir — que ele tinha projetos que envolviam a regência do universo visível e além; projetos pelos quais a terra e as estrelas se moveriam sob seu comando, e o destino de todos os seres vivos seria dele. Afirmo — eu juro — que não compartilhava dessas aspirações extremas. Qualquer coisa que meu amigo possa ter dito ou escrito sobre o contrário é equivocado, pois não sou um homem forte o suficiente para arriscar as esferas inomináveis pelas quais pode-se alcançar o sucesso.

Houve uma noite em que ventos de espaços desconhecidos nos fizeram rodopiar de modo irresistível até um vácuo ilimitado além de todos os pensamentos e entidades. Percepções do tipo mais enlouquecedoramente intransmissíveis se aglomeraram sobre nós; percepções de infinidade que, naquele momento, fizeram-nos tremer de alegria, embora estejam agora, em parte, perdidas em minhas memórias e, em parte, incapazes de se apresentar para os outros. Obstáculos viscosos eram ultrapassados em uma rápida sucessão e, no fim, senti que tínhamos sido carregados para reinos mais remotos do que qualquer um que já tivéssemos conhecido.

Meu amigo estava vastamente adiantado quando mergulhamos nesse impressionante oceano de éter virgem, e pude ver a sinistra exultação no espectro de seu rosto flutuante, luminoso e muito jovem. De repente, aquele rosto escureceu e desapareceu com rapidez e, em um breve período de tempo, eu me encontrei projetado contra um obstáculo que não conseguia penetrar. Era como os outros, embora incalculavelmente mais denso; uma massa viscosa e grudenta, se tais termos podem ser aplicados a qualidades análogas em uma esfera imaterial.

Senti que tinha sido detido por uma barreira que meu amigo e condutor havia atravessado com sucesso. Esforçando-me outra vez, cheguei ao fim do sonho instigado pelas drogas e abri meus olhos físicos no estúdio na torre em cujo canto oposto estava deitada a forma pálida e ainda inconsciente do meu colega sonhador, estranhamente extenuado e muito bonito enquanto a lua derramava sua luz dourada e esverdeada em suas feições de mármore.

Então, depois de um pequeno intervalo, a figura no canto se mexeu, e que os céus piedosos mantenham longe da minha visão e da minha audição outra coisa como aquela que se sucedeu à minha frente. Não posso dizer como ele grunhia, ou quais visões de infernos inacessíveis brilharam por um segundo nos olhos negros enlouquecidos de medo. Posso apenas dizer que desmaiei, e não me mexi até que ele mesmo se recuperou e me sacudiu em seu frenesi, buscando alguém para afastá-lo do horror e da desolação.

Aquele foi o fim de nossas buscas voluntárias nas cavernas do sonho. Aterrorizado, abalado e pressagioso, meu amigo, que estivera além da barreira, advertiu-me que nós nunca mais deveríamos nos aventurar por aqueles reinos outra vez. O que ele vira, não ousou me contar; mas do alto de sua sabedoria disse que deveríamos dormir a menor quantidade de tempo possível, mesmo se drogas fossem necessárias para nos manter acordados. Que ele estava certo, logo compreendi com o medo impronunciável que me arrebatava sempre que a consciência falhava.

Depois de cada período de sono curto e inevitável, eu parecia ficar mais velho e, ao mesmo tempo, meu amigo envelhecia com uma rapidez quase chocante. É horrível ver rugas se formarem e os cabelos embranquecerem quase diante de nossos olhos. Nosso modo de vida agora estava totalmente alterado. Até onde sei, outrora um recluso — seu nome e origem verdadeiros nunca haviam saído de seus lábios — meu amigo se tornou frenético em seu medo da solidão. À noite, não ficava sozinho, e nem a companhia de poucas pessoas o acalmava. Seu único alívio era obtido em festas do tipo mais comum e ruidoso; de modo que apenas poucas reuniões de jovens alegres nos eram desconhecidas.

Nossa aparência e idade parecia despertar, na maioria das vezes, um escárnio do qual eu me ressentia intensamente, mas que meu amigo considerava um mal menor do que a solidão. Em especial, ele temia estar ao ar livre sozinho quando as estrelas brilhavam, e se fosse forçado a essa condição, sempre olhava de modo furtivo para o céu, como se estivesse sendo caçado por algo monstruoso naquele lugar. Nem sempre olhava para o mesmo ponto no céu — pareciam ser direções diversas em cada ocasião. Nas noites de primavera, seria baixo, a nordeste. No verão, seria mais ou menos acima da cabeça. No outono, seria a noroeste. No inverno, seria a leste, mas sobretudo durante as primeiras horas da manhã.

As noites de pleno inverno pareciam menos pavorosas para ele. Apenas depois de dois anos, relacionei esse medo a algo em particular; mas então comecei a ver que ele deveria estar olhando para um ponto específico na abóbada celestial cuja posição em diferentes ocasiões correspondia à direção do seu olhar — um ponto aproximadamente marcado pela constelação Corona Borealis.

Agora tínhamos um estúdio em Londres, e nunca nos separávamos, porém jamais discutíamos sobre os dias em que procuramos sondar os mistérios do mundo irreal. Tínhamos envelhecido e estávamos fracos por causa das drogas, das dissipações e do esgotamento nervoso, e o cabelo e a barba ralos do meu amigo se tornaram brancos como a neve. A maneira como estávamos livres da necessidade de longos períodos de sono era surpreendente, pois raras eram as vezes em que sucumbíamos por mais de uma hora ou duas por vez à sombra que agora tinha se tornado uma ameaça tão assustadora.

Então chegou um mês de janeiro repleto de neblina e chuva, quando ficamos sem dinheiro e era difícil comprar drogas. Minhas estátuas e cabeças de marfim foram todas vendidas, e não tinha como comprar novos materiais, ou energia para moldá-las, mesmo se os tivesse. Sofremos de modo terrível, e certa noite meu amigo caiu em um sono de respiração profunda do qual não conseguia acordá-lo. Posso me lembrar da cena agora — o estúdio no sótão desolado e completamente escuro sob o telhado com a chuva desabando; o tique-taque do nosso único relógio; o tique-taque imaginário de nossos relógios de pulso enquanto descansavam na penteadeira; o rangido de alguma persiana oscilante em uma parte remota da casa; certos ruídos distantes da cidade abafados pela neblina e pelo espaço; e, o pior de tudo, a respiração profunda, contínua e sinistra do meu amigo no sofá — uma respiração rítmica que parecia determinar momentos de medo e agonia celestiais de seu espírito enquanto ele vagava por esferas proibidas, inimagináveis e terrivelmente remotas.

A tensão da minha vigília se tornou opressiva, e uma louca quantidade de impressões e associações triviais se amontoou em minha mente quase desequilibrada. Ouvi o relógio bater em algum lugar — não o nosso, pois não era um relógio que badalava — e a minha imaginação mórbida encontrou aí um novo ponto de partida para divagações inúteis. Relógios — tempo — espaço — infinito — e então minha imaginação se voltou ao local onde eu imaginava que, mesmo agora, além do telhado e da neblina e da chuva e da atmosfera, Corona Borealis estava ascendendo no nordeste. Corona Borealis, de que meu amigo parecia ter pavor e cujos semicírculos cintilantes de estrelas deviam estar, naquele instante, reluzindo despercebidos através de abismos de éter incomensuráveis. De repente, meus ouvidos freneticamente sensíveis pareceram detectar um componente novo e totalmente distinto na suave miscelânea de sons amplificados pelas drogas — um lamento baixo e abominavelmente insistente de um lugar muito distante; zumbindo, clamando, zombando, chamando, do nordeste.

Mas não foi aquele lamento distante que me privou de minhas faculdades e lançou sobre a minha alma tal marca de medo que nunca na vida poderia ser removida; não foi isso que provocou os gritos e suscitou as convulsões que fizeram com que os inquilinos e a polícia arrombassem a porta. Não foi o que ouvi, e sim o que vi; pois naquele quarto escuro, trancado, fechado e acortinado apareceu do canto escuro a nordeste o raio de uma terrível luz dourado-avermelhada — um raio que não carregava consigo brilho algum para dispersar a escuridão, e que incidiu apenas sobre a cabeça reclinada do adormecido perturbado, realçando numa horrível duplicação o espectro do rosto luminoso e estranhamente jovial que eu conhecera nos sonhos de espaço abismal e tempo liberto, quando meu amigo havia ultrapassado a barreira para aquelas cavernas de pesadelo secretas, recônditas e proibidas.

E, enquanto eu olhava, percebi a cabeça se levantar, os olhos negros, líquidos e encovados se abrirem aterrorizados e os lábios finos e sombreados se moverem, como se para soltar um grito amedrontador demais para ser pronunciado. Habitava naquela face medonha e flexível, enquanto brilhava sem corpo, luminosa e rejuvenescida na escuridão, mais do medo gritante, fervilhante, de arrasar o cérebro que todo o céu e a terra jamais me revelaram.

Nenhuma palavra foi dita em meio ao som distante que se aproximava cada vez mais, mas, ao acompanhar o olhar louco do espectro do rosto ao longo daquele raio de luz amaldiçoado até a sua fonte, que também era a fonte do lamento, eu, do mesmo modo, vi por um instante o que ele vira, e desabei, com os ouvidos zumbindo, naquele acesso de epilepsia histérica que atraiu os inquilinos e a polícia. Eu nunca poderia dizer, por mais que tentasse, o que realmente vi; nem o rosto imóvel poderia dizer, pois, embora deva ter visto mais do que vi, nunca falaria outra vez. No entanto, sempre me protegerei contra o zombeteiro e insaciável Hipnos, senhor do sono, contra o céu noturno, e contra a ambição tresloucada do conhecimento e da filosofia.

Exatamente o que aconteceu é desconhecido, pois não só minha própria mente foi desmantelada pela coisa estranha e horrível, como outros foram contaminados com um esquecimento que nada pode significar além de loucura. Disseram, não sei por que razão, que eu nunca tivera um amigo; e que a arte, a filosofia e a insanidade haviam preenchido toda a minha trágica vida. Naquela noite, os inquilinos e a polícia me confortaram, o médico administrou algo para me acalmar, mas ninguém compreendeu que espécie de pesadelo havia acontecido. Meu amigo atormentado não despertou neles nenhum tipo de pena, mas o que encontraram no sofá do estúdio os fizeram me elogiar, causando-se repulsa, e tenho agora uma fama que desprezo com desespero enquanto fico sentado por horas, careca, de barba grisalha, enrugado, paralisado, drogado e violado, adorando e louvando o objeto que foi encontrado.

Pois eles negaram que eu tivesse vendido a última peça da minha coleção de estátuas, e apontaram com êxtase para a coisa que o raio de luz brilhante deixara fria, petrificada e muda. Foi tudo o que restou do meu amigo; o amigo que havia me conduzido à loucura e às ruínas; uma cabeça divina de um mármore que somente a velha Hélade poderia produzir, jovem com uma juventude que está além do tempo, e com uma bela face barbada, lábios curvados e sorridentes, fronte majestosa e densos cachos ondulantes, coroados com papoulas. Dizem que aquela assombrosa imagem fora modelada a partir de minhas próprias feições, como eram aos 25 anos; mas sobre a base de mármore está entalhado um simples nome em letras áticas: Hipnos.

O Modelo de Pickman

You não precisa achar que estou louco, Eliot — muitos outros têm preconceitos mais estranhos do que esse. Por que você não ri do avô de Oliver, que não anda de carro? Se não gosto daquele maldito metrô, é problema meu; e, de qualquer maneira, chegamos aqui mais rápido de táxi. Teríamos que subir a ladeira da rua Park se tivéssemos vindo de metrô.

Sei que estou mais nervoso do que quando me viu no ano passado, mas você não precisa criar caso sobre isso. Há razões suficientes, Deus sabe, e imagino que tenho sorte por estar são, de qualquer modo. Por que tantas perguntas? Você não costumava ser tão questionador.

Bem, se você quer mesmo saber, não vejo por que não deveria. Talvez deva, de qualquer forma, pois você ficou me escrevendo como um pai aflito quando ouviu falar que eu tinha começado a deixar de frequentar o Clube de Arte e me afastar de Pickman. Agora que ele desapareceu, dou uma passada no clube de vez em quando, mas meus nervos não são mais os mesmos.

Não, não sei o que aconteceu com Pickman e não gosto de imaginar. Você poderia ter suposto que eu tinha alguma informação privilegiada quando me afastei dele — e é por isso que não quero pensar para onde ele foi. Deixe a polícia encontrar o que puder — não será muito, a julgar pelo fato de que ela ainda não sabe do velho lugar em North End que ele alugara sob o nome de Peters.

Não estou certo de que eu mesmo possa encontrá-lo novamente — não que fosse tentar, mesmo em plena luz do dia!

Sim, eu sei, ou temo que saiba, o motivo pelo qual ele o alugara. Estou chegando lá. E acho que você entenderá antes que eu termine por que não conto nada à polícia. Eles solicitariam que eu os guiasse, porém não poderia voltar lá mesmo se soubesse o caminho. Havia algo ali — e agora não consigo mais usar o metrô ou (e você pode rir disso, também) entrar em porões.

Eu deveria pensar que você saberia que não me afastei de Pickman pelas mesmas razões tolas que aquelas velhas senhoras melindrosas como o Dr. Reid ou Joe Minot ou Rosworth o fizeram. A arte mórbida não me impressiona, e quando um homem tem o gênio que Pickman tinha, sinto que é uma honra conhecê-lo, independentemente da direção tomada por seu trabalho. Boston nunca teve um pintor tão grande quanto Richard Upton Pickman. Disse isso no início e ainda o digo, e segui com a mesma opinião, também, quando ele mostrou aquele *Demônio Se Alimentando*. Isso, você se lembra, foi quando Minot cortou relações com ele.

Você sabe, são necessárias uma arte e uma percepção da natureza, ambas profundas, para produzir obras como as de Pickman. Qualquer charlatão de capa de revista pode espirrar tinta loucamente e chamar o resultado de pesadelo, *Sabá das Bruxas* ou retrato do demônio, mas apenas um grande pintor pode fazer com que essas coisas sejam de fato assustadoras ou pareçam verdadeiras. Isso porque apenas um artista genuíno conhece a verdadeira anatomia do terrível ou a fisiologia do medo — o tipo exato de linhas e proporções que se conectam com instintos latentes ou memórias hereditárias do medo, e o contraste adequado de cores e efeitos de luz capaz de incitar a sensação de estranheza dormente. Não tenho que lhe dizer por que um Fuseli realmente provoca arrepios enquanto um frontispício de histórias de fantasmas barato apenas nos faz rir. Há algo que aqueles sujeitos captam — além da vida — que são capazes de nos fazer captar também por alguns instantes. Doré conseguia esse feito. Sime consegue. Angarola de Chicago consegue. E Pickman conseguia como nenhum homem jamais conseguira ou — suplico aos céus — jamais conseguirá novamente.

Não me pergunte o que é que eles veem. Você sabe, na arte comum, há toda diferença do mundo entre as coisas vivas e vitais, desenhadas com base na natureza ou em modelos, e as ninharias artificiais que, por regra, gente sem importância e interesseira produz aos montes em um simples estúdio. Bem, devo dizer que o artista realmente estranho tem um tipo de visão que cria modelos, ou convoca o que equivale a cenas verdadeiras do mundo espectral em que vive. De todo modo, consegue produzir resultados que diferem dos sonhos irrealistas dos impostores do mesmo jeito que os resultados do pintor da vida diferem das invenções do cartunista por ensino a distância. Se eu já tivesse visto o que Pickman viu — mas não! Aqui, vamos tomar um drinque antes de nos aprofundar. Deus, não estaria vivo se tivesse visto o que aquele homem — se é que era mesmo um homem — viu!

Você se lembra que o forte de Pickman eram os rostos. Não acredito que ninguém desde Goya pudesse colocar tanto do inferno absoluto em um conjunto de características ou em uma distorção de expressão. E antes de Goya, você precisa voltar aos sujeitos medievais que produziram gárgulas e quimeras em Notre-Dame e no Monte Saint-Michel. Eles acreditavam em todo tipo de coisa — e talvez tivessem visto todo tipo de coisa, também, pois a Idade Média teve algumas fases curiosas. Eu me lembro de você mesmo perguntar a Pickman certa vez, no ano antes de partir, de onde raios ele tinha tirado tais ideias e visões. Não foi uma risada horrível aquela que ele deu a você? Foi em parte por causa dessa risada que Reid cortou relações com ele. Reid, você sabe, tinha acabado de começar a estudar patologia comparada, e estava cheio de "expressões especializadas" pomposas sobre a importância biológica ou evolucionária desse ou daquele sintoma mental ou físico. Ele disse que Pickman o repelia mais e mais a cada dia, e que quase o assustou no fim — que as características e expressões do sujeito estavam lentamente se transformando de uma maneira que ele não gostava; de uma maneira que não era humana. Ele falava muito sobre alimentação e disse que Pickman devia ser anormal e excêntrico no mais alto nível. Suponho que você tenha dito a Reid, se você e ele trocaram cartas sobre o assunto, que ele deixava que as pinturas de Pickman lhe afetassem os nervos ou lhe atormentassem a imaginação. Sei que eu mesmo lhe disse isso — na época.

Mas tenha em mente que não me afastei de Pickman por qualquer coisa do gênero. Ao contrário, minha admiração por ele continuou a crescer, pois aquele *Demônio Se Alimentando* foi uma tremenda realização. Como você sabe, o clube não iria exibi-lo, e o Museu de Belas Artes não o aceitaria nem como presente; e posso acrescentar que ninguém iria comprá-lo, então Pickman ficou com a pintura em casa até desaparecer. Agora, seu pai está com o quadro em Salém — você sabe que Pickman vem de uma velha descendência de Salém, e que teve um antepassado enforcado por bruxaria em "1692.

Peguei o hábito de visitar Pickman com bastante frequência, em especial depois que comecei a tomar notas para uma monografia sobre arte bizarra. Provavelmente foi o trabalho dele que colocou a ideia na minha cabeça e, de qualquer modo, descobri que ele era uma mina de dados e sugestões quando comecei a desenvolvê-la. Ele me mostrou todas as pinturas e desenhos que tinha por ali, incluindo alguns esboços à pena e tinta que o teriam, realmente acredito, expulsado do clube se muitos dos membros os tivessem visto. Logo, tornei-me quase um devoto, e ouvia por horas, como um estudante, teorias da arte e especulações filosóficas malucas o bastante para qualificá-lo para o hospício de Danvers. Minha veneração ao herói, unida ao fato de que as pessoas em geral estavam começando a ter cada vez menos contato com ele, fez com que ficássemos bastante íntimos; e certa noite ele insinuou que se eu mantivesse a boca fechada e não me comportasse de forma muito suscetível, ele poderia me mostrar algo bastante incomum — algo um pouco mais intenso do que qualquer coisa que tinha em casa.

"Você sabe", ele disse, "existem coisas que não servem para a rua Newbury; coisas que estão fora do lugar, e que não podem ser concebidas aqui, de qualquer maneira. É meu trabalho capturar as insinuações da alma, e você não irá encontrá-las em um conjunto pretensioso de ruas artificiais numa cidade. Back Bay não é Boston; não é nada ainda, porque não teve tempo de coletar memórias e atrair espíritos locais. Se há qualquer fantasma por aqui, são fantasmas inofensivos de um pântano de sal e de uma baía rasa; e quero fantasmas humanos; os fantasmas de seres altamente organizados o suficiente para ter observado o inferno e conhecido o significado do que viram."

"O lugar para um artista viver é North End. Se qualquer esteta fosse sincero, ele se acostumaria com os distritos mais pobres pelo bem das tradições populares. Deus, homem! Você não percebe que lugares como aqueles não foram simplesmente criados, e sim que cresceram? Gerações e gerações viveram e sentiram e morreram ali, e isso em dias que as pessoas não tinham medo de viver e se alimentar e morrer. Você não sabe que existia um moinho em Copp's Hill em 1632 e que metade das ruas existentes foi planejada por volta de 1650? Posso lhe mostrar casas que estão de pé há dois séculos e meio ou mais; casas que testemunharam coisas que fariam os edifícios recentes serem reduzidos a pó. O que os modernos sabem sobre a vida e as forças por trás dela? Você diz que a bruxaria de Salém é uma ilusão, mas aposto que minha pentavó poderia ter lhe dito coisas. Eles a enforcaram em Gallows Hill, com Cotton Mather observando tudo hipocritamente. Mather, maldito seja, tinha medo de que alguém pudesse conseguir se livrar dessa prisão amaldiçoada de monotonia; gostaria que alguém lhe tivesse lançado um feitiço ou sugado seu sangue durante a noite!

"Posso lhe mostrar a casa em que ele viveu, e posso mostrar outra em que ele tinha medo de entrar apesar de toda a sua conversa bonita e corajosa. Ele sabia de coisas que não ousava colocar naquela estúpida *Magnalia* ou naquelas infantis *Maravilhas do Mundo Invisível*. Olhe aqui, você sabia que todo o North End tinha um conjunto de túneis que mantinha as casas de determinadas pessoas em comunicação umas com as outras e com o cemitério e o mar? Deixe-os acusar e perseguir acima da terra; todos os dias, aconteciam coisas que eles não podiam alcançar e, à noite, riam-se vozes que não conseguiam localizar!

"Ora, homem, de cada dez casas construídas antes de 1700 que sobreviveram e não foram reformadas desde então, aposto que em oito delas eu poderia lhe mostrar algo estranho no porão. É provável que não se passe um mês sem que se leia sobre operários encontrando, numa demolição, arcos e poços tapados com tijolos que não levam a lugar algum nesse ou naquele velho local; no ano passado, era possível ver um desses lugares próximos à rua Henchman, do alto do trem elevado. Havia bruxas e o que seus feitiços invocavam; piratas e o que eles traziam dos mares; contrabandistas; corsários; e, lhe digo, as pessoas sabiam como viver e como expandir os limites da vida nos velhos tempos! Este não era o único mundo que um homem corajoso e sábio poderia conhecer, argh! E pensar que hoje, por outro lado, com tamanhas mentes insossas, até mesmo um clube de supostos artistas tem calafrios e convulsões quando um quadro ultrapassa os sentimentos de uma mesa de chá da rua Beacon.

"A única graça salvadora do presente é que ele é estúpido demais para fazer perguntas tão detalhadas sobre o passado. O que os mapas ou registros ou guias realmente dizem sobre o North End? Bah! Garanto guiá-lo por cerca de trinta ou quarenta becos e redes de becos ao norte da rua Prince, dos quais nem dez seres vivos desconfiam, exceto os estrangeiros que por eles se aglomeram. E o que aqueles imigrantes sabem sobre o significado deles? Não, Thurber, esses locais antigos têm sonhos fabulosos e transbordam com maravilhas e terrores e fugas do lugar-comum, contudo, não há sequer uma alma viva para entendê-los ou lucrar com eles. Ou melhor, há só uma alma viva, pois não estive fazendo escavações no passado à toa!

"Veja! Você está interessado nesse tipo de coisa. E se eu te dissesse que tenho outro estúdio lá em cima, onde posso capturar o espírito noturno do antigo terror e pintar coisas em que sequer poderia pensar na rua Newbury? Naturalmente, não digo nada para aquelas malditas senhoras do clube, com Reid, maldito seja, sussurrando como se eu fosse uma espécie de monstro escorregando sob o tobogã da evolução reversa. Sim, Thurber, decidi há muito tempo que se deve pintar o terror tão bem quanto a beleza da vida, então fiz algumas explorações em lugares onde tinha razões para saber que terror ali vivia.

"Consegui um local que não acredito que três homens nórdicos vivos além de mim já tenham visto. Não é muito longe do trem elevado em relação à longitude, mas está a séculos de distância no que diz respeito à alma. Eu o aluguei em função do estranho poço de velhos tijolos no porão; um do tipo que mencionei. A cabana está quase desmoronando, motivo pelo qual ninguém mais viveria ali, e odiaria te dizer como pago pouco por ela. As janelas estão cobertas, mas gosto mais delas assim, já que não quero a luz do dia para o que faço. Pinto no porão, onde a inspiração é mais densa, mas tenho outros cômodos mobiliados no térreo. O proprietário é um siciliano, e aluguei o lugar sob o nome de Peters.

"Agora, se estiver interessado, te levarei lá hoje à noite. Acho que você gostará dos quadros, pois, como disse, soltei-me um pouco ao pintá-los. Não é um trajeto muito demorado; às vezes vou a pé, já que não quero chamar a atenção com um táxi naquele lugar. Podemos pegar o trem na estação Sul em direção à rua Battery, e, depois disso, a caminhada não é muito longa."

Bem, Eliot, não havia muito o que fazer após aquele discurso, a não ser me controlar para não correr em vez de andar até o primeiro táxi vazio que pudéssemos encontrar. Fizemos a baldeação para o trem elevado na estação Sul e, por volta das 12 horas, descemos os degraus na rua Battery, chegando ao velho porto além de Constitution Wharf. Não acompanhei as ruas transversais, e não saberia lhe dizer em qual delas viramos, mas sei que não foi na travessa Greenough.

Quando de fato viramos, foi para subir pela extensão deserta do beco mais antigo e mais sujo que já tinha visto na vida, com empenas de aparência decadente, janelas de vidraças pequenas quebradas e chaminés arcaicas que se destacavam, parcialmente desintegradas, contra o céu iluminado pela lua. Não acredito que houvesse três casas à vista que não estivessem de pé na época de Cotton Mather; certamente, vislumbrei ao menos duas com beirais e uma vez pensei ter visto o perfil de um telhado pontiagudo, do tipo pré-gambrel, quase esquecido, embora antiquários nos digam que mais nenhum deles existe em Boston.

Daquele beco, que era pouco iluminado, viramos à esquerda para uma viela igualmente silenciosa e ainda mais estreita, sem luz alguma: e, no minuto seguinte, fizemos o que imagino ter sido uma curva em um ângulo obtuso em direção à direita, na escuridão. Não muito depois, Pickman pegou uma lanterna e revelou uma porta antediluviana de dez painéis que parecia terrivelmente carcomida por cupins. Ao destrancá-la, ele me conduziu por um corredor inóspito com o que uma vez fora um esplêndido apainelamento de carvalho escuro — simples, é claro, mas arrepiantemente sugestivo dos tempos de Andros e Phipps e da bruxaria. Então ele me levou por uma porta à esquerda, iluminada por uma lamparina a óleo, e me falou para ficar à vontade.

Bem, Eliot, sou o que os homens nas ruas chamariam de "durão", mas confesso que o que vi nas paredes daquele cômodo me causou mal-estar. Eram os quadros dele, você sabe — aqueles que ele não podia pintar ou até mesmo exibir na rua Newbury — e ele estava certo quando disse que tinha "se soltado". Agora — tome mais um drinque — preciso de um, de qualquer modo!

Não adianta tentar descrever como as pinturas eram, porque o terrível, o horror blasfemo, a inacreditável repugnância e o fedor moral vinham de simples toques bastante além da força classificatória das palavras. Não havia nenhuma das técnicas exóticas que se observa em Sidney Sime, nenhuma das paisagens transsaturnianas e dos fungos lunares que Clark Ashton Smith emprega para congelar o sangue. Os planos de fundo eram, na maioria, velhos cemitérios, bosques profundos, penhascos próximos ao mar, túneis de tijolos, antigos cômodos revestidos com painéis ou simples catacumbas de alvenaria. O cemitério de Copp's Hill, que ficava a não muitas quadras daquela mesma casa, era o cenário favorito.

A loucura e a monstruosidade estavam nas figuras em primeiro plano — pois a arte mórbida de Pickman era sobretudo de retratos demoníacos. Essas figuras raramente eram humanas por completo, mas se aproximavam da humanidade com frequência em diversos graus. A maioria dos corpos, embora bípedes de maneira geral, estava curvada para a frente, e tinha uma vaga aparência canina. A textura da maior parte deles continha uma qualidade emborrachada desagradável. Argh! Posso vê-los agora! Suas ocupações — bem, não me peça para ser muito preciso. Em geral, os personagens estavam se alimentando — não vou dizer do quê. Às vezes, eram representados em grupos em cemitérios ou passagens subterrâneas, e com frequência, pareciam estar batalhando por sua presa — ou melhor, seu tesouro. E que expressividade perversa Pickman às vezes conferia aos rostos cegos desse espólio medonho! Ocasionalmente, os seres eram exibidos pulando por janelas abertas durante a noite ou agachados sobre o peito de pessoas adormecidas, mordendo sua garganta. Uma tela apresentava um círculo das criaturas uivando ao redor de uma bruxa enforcada em Gallows Hills, cujo rosto falecido carregava uma semelhança muito próxima com o delas.

Mas não imagine que foi toda essa questão hedionda de tema e cenário que me fez desfalecer. Não sou um garoto de 3 anos, e já tinha visto muitas coisas como essas. Foram os rostos, Eliot, aqueles rostos malditos, que olhavam maliciosamente e babavam para fora da tela com o próprio sopro da vida! Por Deus, homem, acredito piamente que eles estavam vivos! Aquele bruxo nauseabundo havia acendido os fogos do inferno com pigmentos, e com seu pincel, concebera pesadelos. Passe-me a garrafa, Eliot!

Havia uma pintura chamada *A Lição* — que os céus tenham pena de mim por já tê-la visto! Ouça, consegue imaginar um círculo das criaturas sem nome, com aparência de cachorro, agachados em um cemitério e ensinando uma criancinha a se alimentar como eles? O preço de uma criança trocada, suponho — você conhece o velho mito sobre como as pessoas estranhas deixam a cria em berços em troca dos bebês humanos que roubam. Pickman estava mostrando o que acontece com aqueles bebês roubados — como eles crescem — e então comecei a ver uma relação hedionda no rosto das figuras humanas e não humanas. Ele estava, em todas as suas gradações de morbidade entre o abertamente não humano e perversamente humano, estabelecendo uma ligação e evolução sardônica. As coisas caninas se desenvolviam a partir dos mortais!

E assim que me perguntei o que ele fazia com as próprias crias deles, aquelas deixadas com os humanos na forma de bebês trocados, meus olhos capturaram um quadro que representava exatamente essa ideia. Era a pintura do interior de uma antiga casa puritana — uma sala com vigas pesadas e janelas de treliça, um banco de madeira, mobílias malfeitas do século 17, com a família sentada ao redor do pai, enquanto este lia as Escrituras. Todos os rostos exibiam nobreza e reverência, com exceção de um que refletia a zombaria das profundezas. Era o rosto de um jovem, sem dúvida o suposto filho daquele pai devoto, mas que, em essência, era parente de seres impuros. Era o filho trocado deles — e em um espírito de suprema ironia, Pickman forneceu às características do jovem uma semelhança bastante perceptível com os próprios traços.

Nessa altura, Pickman tinha acendido uma lâmpada em um quarto adjacente e segurava a porta aberta para mim com polidez, perguntando se eu gostaria de ver seus "estudos modernos". Não havia tido a oportunidade de lhe dar minha opinião — estava emudecido pelo pavor e pela aversão — mas acredito que ele compreendeu completamente e se sentiu muitíssimo honrado. E agora, quero lhe assegurar mais uma vez, Eliot, que não sou um garoto mimado que grita diante de qualquer coisa que se afaste um pouco do comum. Sou um homem de meia-idade, apropriadamente civilizado, e acho que você viu o bastante de mim na França para saber que não me deixo impressionar com facilidade. Lembre-se, também, de que eu tinha apenas acabado de recuperar o fôlego e estava me acostumando com aqueles quadros assustadores que transformavam a Nova Inglaterra colonial em um tipo de anexo do inferno. Bem, a despeito de tudo isso, o quarto seguinte realmente me fez gritar, e tive que me agarrar ao batente da porta para não cair. A câmara anterior exibia um grupo de demônios e bruxas infestando o mundo de nossos antepassados, mas esta trazia o horror diretamente para a nossa vida cotidiana!

Deus, como aquele homem sabia pintar! Havia um estudo chamado *Acidente no Metrô*, no qual um bando das coisas vis estava escalando alguma catacumba desconhecida através de uma rachadura no chão do metrô da rua Boston e atacando uma multidão de pessoas na plataforma. Outro apresentava uma dança entre os túmulos em Copp's Hill sobre um plano de fundo de hoje. Então havia uma série de cenas em porões, com monstros rastejando por buracos e fendas na alvenaria, arreganhando os dentes enquanto se agachavam atrás de barris ou fornalhas e esperavam pela primeira vítima a descer as escadas. Uma tela repugnante parecia retratar uma grande área da Beacon Hill, com exércitos, como os de formigas, constituídos por monstros pestilentos, espremendo-se através de buracos espalhados por todo o solo. Danças nos cemitérios modernos eram livremente representadas e, de algum modo, outra concepção me chocou mais do que todo o resto — uma cena em uma catacumba desconhecida, onde dezenas de feras se acumulavam em torno de uma delas, que tinha em mãos um guia bastante conhecido de Boston e estava evidentemente lendo em voz alta. Todos apontavam para determinada passagem, e cada rosto parecia estar tão distorcido por risadas epilépticas e reverberantes que quase pensei ter ouvido os ecos diabólicos. O título do quadro era *Holmes, Lowell e Longfellow Jazem Enterrados no Monte Auburn*.

Enquanto gradualmente me estabilizava e me readaptava a essa segunda sala de diabrura e morbidade, comecei a analisar algumas das razões de minha aversão asquerosa. Em primeiro lugar, disse a mim mesmo, essas coisas eram repugnantes em virtude da completa inumanidade e da crueza impiedosa que demonstravam existir em Pickman. O sujeito deveria ser um inimigo implacável de toda a humanidade para extrair tanta exultação da tortura do cérebro e da carne e da degradação da morada mortal. Em segundo lugar, elas aterrorizavam pela própria grandeza. Sua arte era a arte que convencia — quando víamos os quadros, nós víamos os demônios em si, e os temíamos. E o estranho era que Pickman não obtinha sua força do uso da seletividade ou da bizarrice. Nada estava borrado, distorcido ou convencionalizado; os contornos eram nítidos e realistas, e os detalhes eram quase dolorosamente definidos. E os rostos!

Não era uma simples interpretação de um artista aquilo que víamos; era o próprio pandemônio, cristalino com uma objetividade gritante. Era isso, pelos céus! O homem não era um fantasista ou romântico — sequer tentava nos oferecer a efemeridade dos sonhos,

A CIDADE SEM NOME

agitada e prismática, e refletia fria e sardonicamente algum mundo de horror estável, mecanicista e bem estabelecido, que ele contemplava totalmente, brilhante, direto e inabalável. Deus sabe o que pode ter sido esse mundo, ou onde vislumbrara as formas blasfemas que galopavam, trotavam e rastejavam por ele; mas, independentemente de quais fossem as fontes de suas imagens, uma coisa era clara: Pickman era em todos os sentidos — em concepção e execução — um realista completo, minucioso e quase científico.

Meu anfitrião então me conduziu escada abaixo em direção ao porão, onde ficava seu verdadeiro estúdio, e me preparei para contemplar algumas realizações diabólicas entre as telas inacabadas. Quando chegamos ao pé da escada úmida, ele apontou a lanterna para um canto do amplo espaço aberto, revelando a borda circular de tijolos do que evidentemente era um grande poço no chão de terra. Nós nos aproximamos e vi que a cavidade devia ter 1,5 metro de diâmetro, com paredes de 30 centímetros de espessura e cerca de 15 centímetros de altura — uma estrutura sólida do século 17, ou eu estava muito enganado. Aquilo, Pickman disse, era o tipo de coisa sobre a qual ele vinha falando — de uma entrada para a rede de túneis que costumava se estender por debaixo da colina. Notei distraído que ela não parecia estar tampada com tijolos e que um pesado disco de madeira servia como sua aparente cobertura. Pensando nas coisas com que esse poço poderia estar conectado se as loucas sugestões de Pickman não fossem simples retórica, estremeci ligeiramente; então me virei para segui-lo, subindo um degrau e passando por uma porta estreita que dava em uma sala de tamanho considerável, com piso de madeira e mobiliada como um estúdio. Uma lâmpada de acetileno fornecia a luz necessária para o trabalho.

As pinturas inacabadas sobre cavaletes ou apoiadas nas paredes eram tão medonhas quanto aquelas finalizadas nas salas acima, e revelavam os métodos detalhistas do artista. As cenas eram esboçadas com extremo cuidado, e as linhas traçadas a lápis denotavam a exatidão minuciosa que Pickman utilizava para obter as perspectivas e proporções corretas. O homem era excelente — afirmo isso mesmo agora, sabendo de tudo o que sei. Uma grande câmera fotográfica em uma mesa chamou a minha atenção, e Pickman contou que a usava para captar cenários para os planos de fundo, de modo que pudesse pintá-los no estúdio a partir das fotografias em vez de carregar seu equipamento pela cidade para retratar essa ou aquela vista. Ele achava que uma fotografia era tão boa quanto uma cena ou modelo verdadeiro para um trabalho consistente, e declarou que as empregava com regularidade.

Havia algo muito perturbador a respeito dos esboços nauseantes e monstruosidades semiacabadas que espreitavam maliciosamente de todos os lados da sala e, quando Pickman revelou de repente uma tela imensa que do lado oposto à luz, não pude por minha vida conter um grito alto — o segundo que emiti naquela noite. Ele ecoou e ecoou pelas estruturas abobadadas e escuras do porão antigo e nitroso, e precisei sufocar uma corrente de reações que ameaçava irromper na forma de uma risada histérica. Criador misericordioso! Eliot, não sei dizer o quanto de tudo aquilo era real e o quanto era imaginação febril. Não me parece que a terra possa sustentar um sonho como aquele!

Tratava-se de uma blasfêmia colossal e inominável com olhos vermelhos ofuscantes, e ela segurava com suas garras ossudas algo que havia sido um homem, roendo a cabeça dele como uma criança mordisca um pedaço de doce. Ele parecia estar agachado, e o observador podia ter a impressão de que a criatura, a qualquer momento, soltaria sua vítima para buscar uma presa mais suculenta. Mas, maldição, não era nem a temática diabólica que fazia da pintura tal nascente imortal de todo o pânico — não era aquilo, nem a face canina com as orelhas pontudas, olhos injetados de sangue, nariz achatado e lábios cheios de baba. Não eram as garras escamosas, nem o corpo coberto de bolor, nem os pés semicirculares — nada disso, embora qualquer uma dessas características bem poderia levar um homem sugestionável à loucura.

Era a técnica, Eliot — a maldita técnica, ímpia e sobrenatural! Eu, enquanto ser humano, nunca vi em lugar algum o verdadeiro sopro de vida tão impregnado em uma tela. O monstro estava lá — ele encarava e roía, roía e encarava, e eu sabia que apenas uma suspensão das leis da natureza poderia permitir que um homem pintasse uma coisa como aquela sem um modelo — sem algum vislumbre do mundo inferior que nenhum mortal cuja alma não fora vendida ao diabo pudesse ter captado.

Preso com uma tacha em uma parte vazia da tela estava um pedaço de papel muito enrolado — provavelmente, pensei, a fotografia que Pickman pretendia usar para pintar um plano de fundo tão hediondo quanto o pesadelo que estava prestes a intensificar. Estendi a mão para desenrolá-la e observá-la, quando de repente vi Pickman se sobressaltar como se tivesse levado um tiro. Ele estava prestando atenção aos sons com uma intensidade peculiar desde que meu grito chocado despertara ecos inabituais no porão escuro, e agora parecia tomado por um medo que, embora não se comparasse ao meu, era mais físico do que espiritual. Sacou um revólver e sinalizou para que eu ficasse em silêncio, então saiu para o cômodo principal do porão e fechou a porta atrás dele.

Acho que fiquei paralisado por um instante. Fazendo como Pickman e prestando atenção, imaginei ter ouvido o ruído fraco de uma corrida apressada em algum lugar e uma série de guinchos e batidas, vindos de uma direção que não conseguia determinar. Pensei em ratos enormes e estremeci. Então veio um tipo suave de chacoalhar, que de alguma maneira me deixou todo arrepiado — uma espécie de estrépito furtivo e tateante, ainda que não possa tentar expressar o que quero dizer em palavras. Era como se fosse o som de madeira pesada caindo sobre pedra ou tijolo — madeira no tijolo — em que aquilo me fizera pensar?

O ruído soou de novo e mais alto. Houve uma vibração como se a madeira tivesse caído em algum ponto mais distante do que anteriormente. Depois disso, seguiu-se um rangido distinto, gritos inarticulados de Pickman e a descarga ensurdecedora de todas as seis balas de um revólver, disparadas de modo espetacular como um domador de leão atira para cima buscando causar algum efeito. Um guincho abafado ou um chiado, e um baque. Então mais madeira e tijolo rangendo, uma pausa, e uma porta se abrindo — som que, confesso, me fez sobressaltar violentamente. Pickman reapareceu com sua arma fumegante, praguejando contra os enormes ratos que infestavam o antigo poço.

— Só o diabo sabe o que eles comem, Thurber — deu um grande sorriso — pois aqueles túneis arcaicos alcançavam cemitérios, tocas de bruxas e costas marítimas. Mas, o que quer que seja, deve ter acabado, já que estavam diabolicamente ansiosos para sair dali. Seus gritos os incitaram, imagino. É melhor ser cuidadoso nesses lugares antigos; nossos amigos roedores são a única desvantagem, embora às vezes eu acredite que são um recurso positivo por sua atmosfera e cor.

Bem, Eliot, esse foi o fim da aventura daquela noite. Pickman prometera me mostrar o lugar, e Deus sabe que ele o fez. Ele me conduziu para fora daquele emaranhado de becos por outra direção, ao que parece, pois quando avistamos um poste de luz, estávamos em uma rua meio familiar com monótonas fileiras de blocos de apartamentos e velhas casas misturadas. No fim, era a rua Charter, mas estava aflito demais para identificar a altura exata. Estávamos muito atrasados para pegar o trem elevado, e caminhamos de volta para o centro pela rua Hanover. Lembro-me daquela caminhada. Saímos da Tremont, seguindo para a Beacon, e Pickman me deixou na esquina da Joy, onde me distanciei. Nunca mais falei com ele.

Por que me afastei dele? Não seja impaciente. Espere que eu toque a campainha e peça um café. Bebemos o bastante de outras coisas, mas eu, pelo menos, preciso de algo mais. Não — não foram as pinturas que vi naquele local; embora jure que elas eram suficientes para bani-lo de nove entre cada dez casas e clubes de Boston, e acredito que agora você não irá se perguntar por que preciso me manter afastado dos metrôs e porões. Foi algo que encontrei no meu casaco na manhã seguinte. Você sabe, o papel enrolado preso à tela amedrontadora no porão; a coisa que eu pensava ser uma fotografia de algum cenário que ele pretendia utilizar como plano de fundo para aquela monstruosidade. Fui tomado por aquele último susto enquanto estendia a mão para desenrolá-lo, e parecia que eu o tinha amassado distraidamente dentro do meu bolso. Mas aqui está o café — tome-o puro, Eliot, se você for esperto.

Sim, aquele papel foi a razão de eu ter me afastado de Pickman; Richard Upton Pickman, o maior artista que já conheci — e o ser mais sórdido que já saltou dos limites da vida para os abismos do mito e da loucura. Eliot — o velho Reid estava certo. Ele não era exatamente humano. Ou nascera sob uma sombra estranha, ou encontrara uma maneira de destrancar o portão proibido. Dá na mesma agora, pois ele se foi — de volta para a fabulosa escuridão que amava assombrar. Aqui, vamos deixar o candelabro aceso.

Não me peça para explicar ou mesmo conjecturar sobre o que queimei. Não me pergunte, também, o que havia por trás daquela correria, como a de uma toupeira, que Pickman estava tão interessado em atribuir aos ratos. Existem segredos, você sabe, que podem ter vindo dos velhos tempos de Salém, e Cotton Mather conta coisas ainda mais esquisitas. Você sabe como as pinturas de Pickman eram absurdamente realistas — como todos nós nos perguntávamos de onde ele tirava aqueles rostos.

Bem — o papel não era uma fotografia de qualquer plano de fundo, afinal. O que ela revelava era simplesmente o ser monstruoso que ele estava pintando naquela tela horrível. Era o modelo que ele estava usando — e o plano de fundo era apenas a parede do estúdio no porão nos mínimos detalhes. Mas por Deus, Eliot, era uma fotografia da própria vida!

O FESTIVAL

> Efficiut Daemones, ut quae non sunt, sic tamen
> quasi sint, conspicienda hominibus exhibeant.[2]
>
> Lacantius

Eu estava longe de casa, e o feitiço do mar do leste agia sobre mim. Sob o crepúsculo, ouvi as ondas batendo nas pedras, e sabia que ele se estendia logo acima da colina, onde os salgueiros sinuosos se retorciam contra o céu limpo e as primeiras estrelas da noite. E porque os meus antepassados haviam me chamado para a velha cidade além, segui em frente pela neve superficial, caída há pouco tempo, na estrada que se elevava solitária até onde Aldebarã cintilava entre as árvores; em direção à cidade muito antiga que eu nunca tinha visto, mas com a qual sonhara muitas vezes.

Era a época do Yule, que os homens chamam de Natal, embora saibam, em seu coração, que é mais antigo que Belém e a Babilônia, mais antigo que Mênfis e a humanidade. Era a época do Yule, e eu finalmente havia chegado à antiga cidade litorânea onde o meu

---

2 Demônios trabalham para que coisas que não são reais assim pareçam aos olhos do homem. (N da T)

povo tinha vivido e preservado o festival nos velhos tempos em que era proibido; onde também haviam ordenado que seus filhos mantivessem o festival uma vez a cada século, para que a memória dos segredos primitivos não fosse esquecida. O meu povo era antigo, e já era antigo mesmo quando essa terra fora assentada, trezentos anos atrás. E eles eram estranhos, pois surgiram como um povo furtivo, de pele escura, dos jardins opiáceos de orquídeas ao sul, e falavam outra língua antes de aprender o idioma dos pescadores de olhos azuis. E agora, haviam se dispersado e compartilhavam apenas dos rituais de mistérios que nenhum ser vivo podia compreender. Naquela noite, fui o único a retornar para a velha cidade pesqueira como a lenda ordenava, pois apenas os pobres e solitários se lembram.

Então, além do topo da colina, vislumbrei Kingsport, que se estendia friamente no entardecer; a nevada Kingsport com seus antigos cata-ventos e campanários, vigas de telhados e chaminés, cais e pequenas pontes, salgueiros e cemitérios; emaranhados infinitos de ruas íngremes, estreitas e tortuosas, e o vertiginoso pico central coroado pela igreja que o tempo não se atrevia a tocar; labirintos contínuos de casas coloniais empilhadas e espalhadas por todos os ângulos e níveis como blocos desordenados de uma criança; a antiguidade pairando com suas asas acinzentadas sobre cumeeiras e telhados do tipo gambrel, esbranquiçados pelo inverno; claraboias e janelas de vidraças pequenas, uma a uma, reluzindo no crepúsculo frio para se juntar a Órion e às estrelas arcaicas. E contra os cais apodrecidos o mar batia; o mar imemorial e sigiloso pelo qual o povo havia desembarcado nos tempos antigos.

Ao lado da estrada, no topo, um pico ainda mais alto se elevava, sombrio e exposto ao vento, e vi que se tratava de um cemitério, onde lápides negras cravejavam a neve de maneira macabra como as unhas apodrecidas de um cadáver gigante. A estrada intocada era muito solitária e, por vezes, pensei ouvir um rangido distante e horrível, como o de uma forca ao vento. Haviam enforcado quatro antepassados meus, acusados de bruxaria em 1692, mas não sabia exatamente onde.

À medida que a estrada serpenteava, descendo pela encosta em direção ao mar, prestei atenção, buscando os sons alegres de um vilarejo ao anoitecer, mas não os escutei. Então me lembrei da época, e pensei que esse velho povo puritano bem poderia ter costumes natalinos alheios aos meus e repletos de preces feitas em voz baixa ao pé da lareira. Portanto, depois disso, parei de procurar por sons felizes ou que indicassem a presença de transeuntes, e continuei caminhando por casas de fazenda iluminadas e silenciosas e muros de pedra sombrios, até o local onde as placas de lojas antigas e tabernas à beira-mar rangiam sob a brisa salgada e as aldravas grotescas das portas colunadas cintilavam ao longo de travessas desertas, sem calçamento, sob a luz de pequenas janelas acortinadas.

Eu vira mapas da cidade, e sabia onde encontrar a casa das pessoas do meu povo. Disseram-me que eu seria reconhecido e que seria bem-vindo, pois a lenda dos vilarejos perdura por muito tempo; então me apressei pela rua Back até o Circle Court, atravessando a neve fresca na única calçada totalmente pavimentada da cidade, até onde a travessa Green começava, logo atrás do mercado. Os velhos mapas continuavam precisos, e não tive problemas, embora em Arkham devessem ter mentido quando disseram que os bondes conduziam até aquele lugar, já que não vi nenhum fio elétrico suspenso. A neve devia ter escondido os trilhos, de qualquer modo. Estava contente por ter escolhido caminhar, pois o vilarejo esbranquiçado parecia muito bonito quando visto da colina; e agora me sentia ansioso em bater na porta das pessoas do meu povo, a sétima casa à esquerda na travessa Green, com o antigo telhado pontiagudo e o segundo andar saliente, tudo construído antes de 1650.

Havia luzes acesas dentro da residência quando me aproximei, e vi das vidraças em formato de diamante que deviam tê-la mantido muito próxima ao estado original. A parte superior se projetava sobre a rua estreita coberta de grama e quase encostava na parte superior da casa oposta, de modo que eu me encontrava quase em um túnel, com a soleira de pedra baixa totalmente livre da neve. Não havia calçadas, mas muitas residências tinham portas elevadas, que eram alcançadas com lances duplos de escadas com corrimões de ferro. Era uma cena estranha, e como eu era novo na Nova Inglaterra, não sabia como se pareceria. Ainda que estivesse satisfeito, teria me sentido melhor se houvesse pegadas na neve, pessoas nas ruas e algumas janelas com as cortinas abertas.

Quando fiz soar a arcaica aldrava de ferro, fiquei um pouco receoso. Certo medo havia se acumulado em mim, talvez em virtude da estranheza da minha tradição, da desolação da noite e da esquisitice do silêncio naquela antiga cidade de costumes curiosos. E quando minha batida foi atendida, fiquei totalmente assustado, pois não ouvira o som de passos antes que a porta rangesse ao se abrir. Mas não fiquei com medo por muito tempo, já que o velho de roupão e chinelos na entrada, de aparência afável, reconfortou-me; e, embora ele fizesse sinais, indicando que era mudo, escreveu uma mensagem de boas-vindas com uma caligrafia peculiar e antiga com um estilete e uma tábua de cera que carregava.

Ele fez um gesto para que eu entrasse em uma sala de teto baixo, iluminada por velas com enormes vigas expostas e móveis escuros, rígidos e esparsos, do século 17. Ali, o passado estava vivo, sem lhe faltar nenhuma característica. Havia uma lareira cavernosa e uma roda de fiar, próxima à qual uma senhora encurvada, usando uma túnica folgada e um chapéu bem enfiado na cabeça, estava de costas pra mim, fiando silenciosamente apesar da época festiva. Uma umidade indefinida parecia pairar sobre o lugar, e fiquei admirado com o fato de que não havia nenhum fogo aceso. O banco de espaldar alto estava virado para uma fileira de janelas acortinadas à esquerda, e parecia estar ocupado, embora eu não tivesse certeza. Não gostei de nada do que tinha visto, e senti outra vez o medo que me acometera antes. Esse temor se intensificou em função daquilo que antes o havia reduzido, já que, quanto mais eu olhava para o rosto afável do velho, mais a sua afabilidade me aterrorizava. Os olhos nunca se moviam, e a pele era muito parecida com cera. Por fim, estava certo de que não era mesmo um rosto, e sim uma máscara diabolicamente engenhosa. No entanto, as mãos flácidas, curiosamente enluvadas, escreviam com jovialidade na tábua, informando-me de que deveria esperar um momento antes que pudesse ser conduzido ao local do festival.

Apontando para uma cadeira, uma mesa e uma pilha de livros, o velho saiu da sala; e, quando me sentei para ler, observei que os exemplares estavam envelhecidos e embolorados e que, entre eles, constavam a insana obra *Maravilhas da Ciência*, do velho Morryster; o terrível *Saducismus Triumphatus*, de Joseph Glanvill, publicado em 1681; o chocante *Daemonolatreja*, de Remigius, impresso em 1595, em Lyons; e o pior de todos, o inominável *Necronomicon*, do árabe louco Abdul Alhazred, na tradução proibida para o latim de Olaus Wormius — um livro que nunca tinha visto, mas sobre o qual ouvira, em sussurros, coisas monstruosas. Ninguém falou comigo, mas podia escutar o ranger das placas sob o vento lá fora e o zumbido da roca conforme a velha encapuzada continuava silenciosamente a fiar, a fiar. Achei que a sala, os livros e as pessoas eram muito mórbidas e inquietantes, porém, como uma antiga tradição de meus antepassados havia me convocado para estranhas comemorações, decidi esperar por coisas esquisitas. Então tentei ler, e logo me vi tremulamente absorto por algo que havia encontrado naquele amaldiçoado *Necronomicon*; um conceito e uma lenda hediondos demais para a sanidade ou consciência, mas não gostei quando pensei ouvir uma das janelas em frente ao banco ser fechada, como se tivesse sido furtivamente aberta. Parecia ter seguido um zumbido, o qual não fora originado pela roda de fiar da velha. Isso não era muito, porém, já que a velha fiava com muita força e o antigo relógio estava batendo. Depois disso, a sensação de que havia pessoas sentadas no banco diminuiu, e eu estava lendo intensa e estremecidamente quando o senhor retornou, calçado e vestindo um traje antigo e folgado, e se acomodou naquele mesmo banco, de modo que não podia vê-lo. Certamente, tratava-se de uma espera tensa, intensificada pelo livro blasfemo que tinha em minhas mãos. Quando soaram 23 horas, no entanto, o senhor se levantou, deslizou até um enorme baú esculpido em um canto, e pegou duas capas com capuz; uma das quais ele vestiu, e a outro colocou sobre os ombros da velha, que parava a sua fiação monótona. Ambos então se dirigiram até a porta de entrada; a mulher se arrastando de maneira desajeitada, e o velho, depois de apanhar exatamente o livro que eu estava lendo, sinalizando para mim enquanto puxava seu capuz sobre aquele rosto ou máscara imóvel.

Saímos para o cruzamento tortuoso e sem luar daquela cidade incrivelmente antiga; saímos enquanto as luzes nas janelas acortinadas desapareciam uma a uma, e a estrela Sirius espreitava sobre a multidão de figuras encapuzadas e encapotadas que afluíam silenciosamente de cada porta e formavam procissões monstruosas por essa e aquela rua, passando pelas placas rangentes, pelas cumeeiras antediluvianas, pelos telhados de palha e pelas janelas com vidraças em forma de diamante; abrindo caminho por travessas íngremes, em que casas decadentes se sobrepunham e desmoronavam juntas; deslizando por campos abertos e cemitérios onde as lanternas oscilantes compunham constelações sobrenaturais e embriagadas.

Entre essas hordas silenciosas, segui os meus guias sem voz; empurrado por cotovelos que pareciam ser extremamente macios, e pressionado por tóraxes e estômagos que pareciam ser anormalmente polpudos; mas sem ver sequer um rosto e sem ouvir sequer uma palavra. Acima, acima, acima, deslizavam as misteriosas colunas, e vi que todos os transeuntes convergiam enquanto circulavam próximo a uma espécie de entroncamento de vielas estranhas no topo de uma alta colina no centro da cidade, onde se elevava uma grande igreja branca. Eu a tinha observado do topo da estrada quando contemplei Kingsport no recente crepúsculo, e ela me fizera estremecer porque Aldebarã parecia se balançar por um momento no pináculo fantasmagórico.

Havia um espaço aberto ao redor da igreja; em parte, um cemitério com colunas espectrais, e em parte, uma praça semipavimentada onde quase não havia neve, pois ela fora varrida pelo vento, e alinhada com casas prejudicialmente arcaicas com telhados pontiagudos e cumeeiras salientes. Fogos-fátuos dançavam sobre os túmulos, revelando perspectivas abomináveis, embora, estranhamente, não projetassem quaisquer sombras. Passando pelo cemitério, onde não havia casas, pude olhar por sobre o topo da colina e observar o reflexo das estrelas no porto, apesar de a cidade estar invisível na escuridão. Apenas de vez em quando uma lanterna balançava horrivelmente por vielas serpenteantes em seu caminho para ultrapassar a multidão que agora deslizava silenciosamente igreja adentro. Esperei até que o grupo se esvaísse pelo portal escuro, e até que todos os retardatários o tivessem seguido. O velho puxava minha manga, mas estava determinado a ser o último a entrar. Então, por fim, avancei, com o homem sinistro e a velha à minha frente. Ao atravessar o umbral para dentro do templo fervilhante de escuridão desconhecida, virei-me uma vez para vislumbrar o mundo exterior enquanto a fosforescência do cemitério lançava um brilho doentio no calçamento do topo da colina. E, ao fazê-lo, estremeci. Uma vez que, embora o vento tivesse varrido quase toda a neve, um pouco dela permanecera no caminho próximo à porta; e naquele olhar passageiro para trás pareceu aos meus olhos perturbados que não havia no chão nenhuma marca de pegadas, nem mesmo das minhas.

H.P. LOVECRAFT

A igreja estava mal iluminada por todas as lanternas que haviam entrado ali, pois a maior parte da multidão já havia desaparecido. Ela havia fluído pelo corredor entre os altos bancos brancos até o alçapão das criptas que se abria repugnantemente diante do púlpito, e estava agora se contorcendo para dentro, sem fazer barulho. Segui em silêncio, descendo os degraus desgastados para a cripta escura e sufocante. A cauda daquela fila sinuosa de manifestantes noturnos parecia muito horrível, e ao vê-los se contorcendo para dentro de uma tumba venerável, parecia serem mais horríveis ainda. Então percebi que no piso da sepultura havia uma abertura para baixo por onde a horda deslizava e, num minuto, estávamos todos descendo uma escada ameaçadora de pedra rústica; uma escada em espiral estreita, úmida e peculiarmente malcheirosa, que se enrolava interminavelmente para baixo, rumo ao interior da colina, passando por paredes monótonas de blocos de pedras gotejantes e argamassa despedaçada. Foi uma descida silenciosa e chocante e, depois de um terrível intervalo, observei que as paredes e os degraus se transformavam em natureza, como se tivessem sido esculpidos da rocha sólida. O que mais me incomodou foi que a profusão de passos não produzia nenhum ruído ou eco. Depois de descer por uma eternidade, vi algumas passagens laterais ou buracos que levavam de reentrâncias desconhecidas de escuridão até esse poço de mistério noturno. Logo eles se tornaram excessivamente numerosos, como catacumbas ímpias de ameaça inominável; e seu odor pungente de putrefação cresceu de maneira bastante insuportável. Sabia que devíamos ter passado por dentro da montanha, debaixo da terra da própria Kingsport, e estremeci com a ideia de que uma cidade fosse tão antiga e tomada por um mal subterrâneo.

Então vi o brilho lúgubre de luz pálida e ouvi o insidioso bater de águas sombrias. Estremeci mais uma vez, pois não gostava das coisas que a noite trouxera consigo, e desejei amargamente que nenhum antepassado tivesse me convocado para este rito primitivo.

A CIDADE
SEM NOME

Conforme os degraus e a passagem ficaram mais amplos, ouvi outro som, a zombaria fina e estridente de uma flauta fraca; e de repente se revelou diante de mim a visão ilimitada de um mundo interior — uma orla vasta e fúngica iluminada por uma coluna que expelia chamas doentias e esverdeadas e era banhada por um enorme rio oleoso que corria de abismos assustadores e desconhecidos para se unir aos mais negros golfos de oceano imemorial.

Desfalecendo e arquejando, olhei para aquele Érebo profano de cogumelos titânicos, fogo leproso e água viscosa, e vi a multidão encapotada formando um semicírculo em torno do pilar flamejante. Era o rito de Yule, mais antigo do que o homem, e predestinado a ele sobreviver; o rito primitivo do solstício e da promessa da primavera depois da neve; o rito de fogo e das sempre-verdes, da luz e da música. E na caverna tenebrosa, eu a vi realizar o ritual, e adorar o nojento pilar flamejante, e atirar na água punhados arrancados de vegetação viscosa que reluziam esverdeados no clarão clorótico. Assisti a isso e observei alguma coisa agachada de maneira amorfa, muito afastada da luz, soprando ruidosamente uma flauta; e enquanto a coisa tocava, pensei ter ouvido palpitações nocivas e abafadas na escuridão fétida em que não podia enxergar. No entanto, o que mais me amedrontou foi aquela coluna flamejante, jorrando como um vulcão de abismos profundos e inconcebíveis, sem lançar sombras como fariam chamas comuns, e cobrindo as pedras nitrosas com um verdete desagradável e venenoso. Pois em toda aquela combustão fervilhante não havia calor, somente a viscosidade da morte e perversão.

O homem que havia me conduzido então se contorceu até um ponto diretamente ao lado da chama hedionda, e fez movimentos formais e cerimoniais para o semicírculo à sua frente. Em determinadas etapas do ritual, eles faziam reverências servis, especialmente quando o velho segurou acima da cabeça aquele repugnante *Necronomicon* que levara com ele; e compartilhei de todas as mesuras porque fora convocado para esse festival pelos escritos dos meus antepassados. Então o homem fez um sinal para o flautista semioculto na escuridão, que logo em seguida transformou seu fraco zumbido em um zumbido um pouco mais alto, em outro tom, provocando, assim, um horror impensável e inesperado. Diante desse horror, afundei praticamente até o líquen da terra, petrificado com um pavor que não era deste ou de nenhum mundo, apenas dos loucos espaços entre as estrelas.

Da inimaginável escuridão além do clarão gangrenoso daquela chama fria, dos quilômetros tartáreos através dos quais aquele rio oleoso corria assombroso, desconhecido e insuspeito, surgiu, debatendo-se ritmicamente, uma horda de coisas híbridas aladas, mansas e treinadas, que nenhum olho sadio poderia compreender por completo, ou de que nenhum cérebro sadio poderia se lembrar totalmente. Não eram exatamente corvos, nem toupeiras, nem abutres, nem formigas, nem morcegos-vampiros, nem seres humanos decompostos, e sim algo que não posso e de que nem devo lembrar. As criaturas se debatiam juntas, de modo hesitante, metade com os pés palmados e metade com as asas membranosas; e, conforme alcançavam a multidão de celebrantes, as figuras encapuzadas as agarravam e montavam nelas, cavalgando uma a uma ao longo das extensões daquele rio escuro, em direção a poços e galerias de pânico onde nascentes de veneno alimentam cataratas medonhas e impossíveis de se descobrir.

A velha fiadora seguira com a multidão, e o velho havia permanecido apenas porque eu recusara quando ele fez sinal para que eu agarrasse um animal e cavalgasse como os outros. Quando cambaleei sobre os meus pés, vi que aquele flautista amorfo não estava mais à vista, mas que duas das bestas esperavam com paciência. Como fiquei parado, o velho apanhou seu estilete e sua tábua e escreveu que era o verdadeiro representante dos meus antepassados que haviam fundado a adoração de Yule nesse lugar antigo; que tinha sido decretado que eu deveria retornar, e que os mistérios mais secretos ainda seriam executados. Escreveu isso em uma caligrafia muito antiga, e quando continuei a hesitar, puxou da vestimenta folgada um anel de sinete e um relógio, ambos com o brasão da minha família, para provar que era quem dizia ser. Mas se tratava de uma prova medonha, pois sabia por meio de velhos documentos que aquele relógio fora enterrado com meu pentavô, em 1698.

Naquela hora, o velho puxou o capuz para trás e apontou para as semelhanças em seu rosto com a minha família, mas apenas estremeci, pois tinha certeza de que o rosto não passava de uma diabólica máscara de cera. Os animais que antes se debatiam estavam agora arranhando os líquens inquietantemente, e vi que o próprio velho estava quase tão inquieto quanto eles. Quando uma das criaturas começou a se balançar e se afastar, ele se virou com rapidez para detê-la, de modo que a brusquidão do movimento deslocou a máscara de cera do que deveria ter sido sua cabeça. E então, porque aquela posição infernal me impediu o acesso à escada de pedra pela qual tínhamos descido, eu me atirei no rio subterrâneo e oleoso que borbulhava em algum lugar em direção às cavernas do mar; eu me atirei naquele suco putrefato dos horrores internos da terra antes que a fúria dos meus gritos pudesse fazer cair sobre mim todas as legiões sepulcrais que esses golfos de pestes pudessem ocultar.

No hospital, disseram-me que havia sido encontrado quase congelado no porto de Kingsport ao amanhecer, agarrando-me no mastro flutuante que o acaso havia enviado para me salvar. Disseram que eu havia pegado a bifurcação errada da estrada da colina na noite anterior e caído dos penhascos em Orange Point, o que deduziram a partir de pegadas encontradas na neve. Não havia nada que eu pudesse dizer, porque tudo estava errado. Tudo estava errado, com as amplas janelas revelando um mar de telhados entre os quais apenas um em cada cinco era antigo, e o som dos bondes e dos carros nas ruas abaixo. Insistiram que se tratava de Kingsport, e não pude negar. Quando delirei ao ouvir que o hospital ficava perto do velho cemitério em Central Hill, eles me mandaram para o hospital St. Mary's, em Arkham, onde eu poderia receber melhor tratamento. Gostava de lá, pois os médicos eram liberais, e até me concederam sua influência para obter a cópia cuidadosamente protegida do condenável *Necronomicon*, de Alhazred, da biblioteca da Universidade Miskatonic. Eles disseram algo sobre uma "psicose" e concordaram que seria melhor afastar quaisquer obsessões perturbadoras da minha cabeça.

Então li aquele capítulo hediondo, e estremeci duplamente. pois não era, de fato, novo para mim. Eu já o tinha visto antes, deixem que os rastros revelem o que for possível; e onde foi que eu o vira era melhor ser esquecido. Não havia ninguém — durante o dia — que pudesse me fazer lembrar disso; mas meus sonhos estavam repletos de terror, em função de frases que não ouso repetir. Eu me arrisco a citar apenas um parágrafo, traduzido para o inglês como posso fazer do estranho latim vulgar.

"As mais profundas cavernas", escreveu o árabe louco, "não são para a compreensão dos olhos que veem; pois suas maravilhas são estranhas e espantosas. Maldito é o solo onde pensamentos mortos vivem de novo e estranhamente encarnados, e perversa é a mente que não é sustentada por cabeça alguma. Sabiamente, Ibn Schacabao disse que feliz é o túmulo onde mago nenhum esteve deitado, e feliz é a cidade em que, à noite, os magos são constituídos de cinzas. Pois diz um antigo rumor que a alma daqueles comprados pelo diabo não se afasta com pressa de sua argila sepulcral, e sim engorda e instruí o próprio verme que corrói; até que da decomposição horrenda se origina a vida, e os estúpidos necrófagos da terra se tornam- astutos para atormentá-la e incham monstruosamente para afligi-la. Grandes buracos são secretamente cavados onde os poros da terra deveriam bastar, e coisas que deviam rastejar aprenderam a caminhar."

A CASA TEMIDA

Capítulo 1

Até mesmo do maior dos horrores a ironia raramente está ausente. Às vezes, ela é introduzida diretamente na composição dos eventos, enquanto, em outras, relaciona-se apenas à sua posição fortuita entre pessoas e lugares. O segundo tipo é esplendidamente exemplificado por um caso na antiga cidade de Providence, onde, no fim dos anos 1840, Edgar Allan Poe se hospedava com frequência durante sua tentativa fracassada de cortejar a talentosa poetisa Srta. Whitman. Em geral, Poe ficava no casarão na rua Benefit — a renomeada pousada Golden Ball, cujo teto abrigara Washington, Jefferson e Lafayette — e seu percurso favorito conduzia para o norte, ao longo da mesma rua em direção à casa da Srta. Whitman e ao cemitério de St. John, localizado na colina vizinha, cuja vastidão oculta de lápides do século 18 eram, para ele, motivo de especial fascinação.

Bem, a ironia é a seguinte. Nessa caminhada, repetida tantas vezes, o maior mestre do terrível e do bizarro do mundo todo foi obrigado a passar por uma casa em particular no lado leste da rua; uma estrutura sombria e antiquada acomodada na subida abrupta da encosta da colina, com um enorme pátio descuidado que datava de uma época em que a região era parcialmente um campo aberto. Ao que parece, ele nunca escreveu ou falou sobre ela, nem há qualquer evidência de que sequer a tenha notado. E, contudo, aquela casa, para as duas pessoas em posse de certas informações, iguala-se ou supera em horror a mais louca fantasia do gênio que, com tanta frequência, passou por ela inconscientemente; e se mantém de pé, espreitando com rigidez como um símbolo de tudo o que é indescritivelmente horrível.

A residência era — e, aliás, ainda é — de um gênero que atrai a atenção dos curiosos. No início, uma casa de fazenda ou algo do tipo, seguia as linhas coloniais regulares da Nova Inglaterra de meados do século 18 — o próspero telhado do tipo pontiagudo, com dois andares e sótão sem mansardas, e com a entrada georgiana e o interior cobertos por painéis ditados pela evolução do gosto daquela época. Estava virada para o sul, com uma das laterais incrustada pelas janelas inferiores, voltada para a colina ascendente a leste, e a outra exposta às fundações em direção à rua. Sua construção, há mais de um século e meio, acompanhara o nivelamento e endireitamento da estrada naquela vizinhança especial; pois a rua Benefit — no início chamada de rua Back — foi disposta como um caminho que serpenteava entre os túmulos dos primeiros colonos, e endireitada apenas quando a remoção dos corpos para o Cemitério Norte adequadamente possibilitou a abertura de um caminho pelos velhos terrenos familiares.

No começo, a parede a oeste fora construída cerca de seis metros acima de um gramado íngreme em relação à estrada; mas uma ampliação da rua por volta da época da Revolução ocupou a maior parte do espaço intermediário, expondo as fundações de modo que uma parede subterrânea de tijolos precisou ser erguida, dando ao profundo porão uma fachada para a rua com uma porta e duas janelas acima do solo, próximo ao nível do novo caminho público. Quando a calçada foi construída um século atrás, o que restara do espaço foi removido; e Poe, em suas caminhadas, deve ter visto apenas uma elevação íngreme de tijolos acinzentados e

A CIDADE SEM NOME

opacos no mesmo nível da calçada e, a uma altura de três metros, encimada pela antiga estrutura coberta de telhas da própria casa.

Os terrenos, como os de uma fazenda, estendiam-se para trás muito profundamente, pela colina, quase até a rua Wheaton. O espaço ao sul da casa, adjacente à rua Benefit, ficava, é claro, muito acima do nível da calçada existente, formando um terraço cercado por um muro alto de pedra úmida e musgosa atravessada por um lance acentuado de degraus estreitos que levavam ao interior, entre superfícies como as de um desfiladeiro, em direção à área superior de gramado malcuidado, paredes de tijolos umedecidos e jardins abandonados cujos vasos de cimento desmantelados, caldeirões enferrujados caídos de tripés de varas nodosas e parafernália similar destacavam a porta da frente deteriorada pelo tempo, com sua janela quebrada, pilastras jônicas putrefatas e frontão triangular verminoso.

O que ouvi falar em minha juventude sobre a casa temida foi apenas que pessoas morreram ali em números alarmantemente grandes. Por isso, disseram-me, os donos originais haviam se mudado cerca de 20 anos depois de ter construído o local. Era evidentemente insalubre, talvez em função da umidade e do crescimento de fungos no porão, do odor asqueroso generalizado, das correntes de ar nos corredores, ou da qualidade do poço e da água bombeada. Essas coisas eram ruins o suficiente, e eram as crenças entre as pessoas que eu conhecia. Apenas os cadernos do meu tio antiquário, o Dr. Elihu Whipple, revelaram-me em detalhes as suposições mais obscuras e vagas que constituíam uma subcorrente de folclore entre antigos empregados e o povo humilde, suposições que nunca viajaram para longe, e que foram amplamente esquecidas quando Providence cresceu para se tornar uma metrópole com uma população moderna em transição.

O fato é que a residência nunca foi considerada "assombrada" pela parte mais respeitável da comunidade, em sentido nenhum.

Não havia histórias de grilhões estridentes, correntes de ar frio, luzes apagadas ou rostos nas janelas. Extremistas às vezes diziam que a casa era "desafortunada", porém era o mais longe que iam. O que realmente estava além de qualquer discussão era que uma quantidade espantosa de pessoas morreu ali; ou, mais precisamente, que haviam morrido ali, pois, depois de alguns acontecimentos peculiares há mais de 60 anos, o edifício ficara deserto em virtude da completa impossibilidade de alugá-lo. Essas pessoas não morreram de repente por uma causa indeterminada; ao contrário, parecia que sua vitalidade era insidiosamente minada, de modo que cada uma delas morrera muito cedo em consequência de qualquer tendência à fraqueza que pudesse naturalmente ter. E aqueles que não morreram exibiam em graus variados um tipo de anemia ou tuberculose e, às vezes, um declínio das faculdades mentais, o que pesava contra a salubridade do edifício. As casas vizinhas, é preciso adicionar, pareciam estar inteiramente livres da característica nociva.

Isso era o que eu sabia antes que meu insistente interrogatório levasse meu tio a me mostrar as anotações que, por fim, embarcara-nos em nossa hedionda investigação. Durante minha infância, a casa temida estivera vazia, com as velhas árvores infrutíferas, torcidas e terríveis, a grama longa e estranhamente pálida e as ervas daninhas deformadas de modo assustador no alto pátio do terraço onde os pássaros nunca se demoravam. Nós garotos costumávamos invadir o lugar, e ainda consigo me lembrar do meu terror juvenil diante não apenas da estranheza mórbida dessa sinistra vegetação, como da atmosfera sobrenatural e do odor da casa dilapidada, por cuja porta da frente destrancada entrávamos com frequência em busca de emoções. As janelas de vidraças pequenas estavam em grande parte quebradas, e um ar inexprimível de desolação pairava ao redor dos precários painéis, persianas frágeis, papel de parede descascado, reboco caindo, escadas vacilantes e pedaços dos móveis gastos que haviam restado.

A CIDADE
SEM NOME

A poeira e as teias de aranha adicionavam seu toque temeroso; e, de fato, era corajoso o garoto que subia voluntariamente a escada para o sótão, um vasto comprimento repleto de vigas iluminado apenas por pequenas janelas intermitentes nas empenas, e cheio de destroços apinhados de baús, cadeiras e rodas de fiar que infinitos anos de abandono envolveram e adornaram em formatos monstruosos e infernais.

Mas, no fim das contas, o sótão não era a parte mais terrível da casa. Era o porão úmido e frio que, de alguma maneira, exercia a mais forte repulsa sobre nós, muito embora estivesse completamente acima do solo do lado da rua, separado da calçada movimentada por apenas uma porta estreita e uma parede de tijolos com uma janela. Mal sabíamos se devíamos visitá-la, movidos por um fascínio espectral, ou evitá-la, para o bem de nossa alma e de nossa sanidade. Para começar, o mau odor da casa era mais forte ali; e, além disso, não gostávamos do crescimento dos fungos brancos que vez ou outra brotavam do chão de terra dura no clima chuvoso do verão. Esses fungos, grotescamente parecidos com a vegetação no pátio do lado de fora, eram verdadeiramente horríveis em seus contornos; paródias detestáveis de cogumelos e cachimbos indígenas, como nunca havíamos visto em nenhuma situação. Apodreciam com rapidez, e em um estágio se tornavam ligeiramente fosforescentes, de modo que os passantes noturnos às vezes falavam sobre fogueiras de bruxas brilhando por trás das vidraças quebradas das janelas que exalavam fedor.

Nunca — mesmo em nosso estado de espírito mais maluco no Halloween — visitamos esse porão durante a noite, mas, em algumas de nossas visitas diurnas, pudemos detectar a fosforescência, especialmente quando o dia estava escuro e úmido. Havia também algo mais sutil que com frequência pensávamos identificar — algo muito estranho, que, no entanto, era no máximo sugestivo. Eu me refiro a um tipo de padrão nebuloso e esbranquiçado no piso sujo — um vago e oscilante sedimento de mofo ou nitrato de potássio que às vezes pensávamos poder rastrear entre os esparsos crescimentos de fungos próximo à enorme lareira da cozinha do porão. De vez em quando, impressionava-nos que esse fragmento apresentava uma estranha semelhança a uma figura humana curvada, embora, em geral, tal parentesco não existisse e muitas vezes não houvesse sedimento esbranquiçado nenhum. Em uma tarde chuvosa em que essa ilusão parecia fenomenalmente forte, e em que, além do mais, imaginei ter vislumbrado uma espécie de exalação fraca, amarelada e cintilante emergindo do padrão nitroso próximo à abertura da lareira, falei com meu tio sobre o assunto. Ele sorriu diante dessa estranha ideia, mas pareceu que seu sorriso tinha um toque de reminiscência. Mais tarde, soube que uma noção parecida aparecia em algumas das antigas histórias tresloucadas do povo — uma noção que aludia igualmente a formas macabras e cruéis tomadas pela fumaça da grande chaminé, e estranhos contornos assumidos por algumas das raízes sinuosas das árvores que forçavam seu caminho para dentro do porão através das pedras soltas da fundação.

Capítulo 2

Foi apenas a partir dos meus anos de adulto que meu tio me apresentou as anotações e os dados que coletara a respeito da casa temida. O Dr. Whipple era um médico sensato e conservador da velha escola e, em função de todo o seu interesse no local, não estava ansioso em encorajar jovens pensamentos em direção ao anormal. Sua própria visão, postulando apenas um edifício e localização de características significativamente insalubres, não tinha nada a ver com a anormalidade; mas ele percebeu que o aspecto pitoresco que estimulava seu próprio interesse, na mente fantástica de um garoto, assumia toda forma de associações imaginativas abomináveis.

O médico era solteiro, de cabelos grisalhos, barbeado e antiquado, e um historiador local digno de nota, que frequentemente entrara em discussões com guardiões tão controversos da tradição como Sidney S. Rider e Thomas W. Bicknell. Vivia com um criado em uma propriedade georgiana com aldrava e degraus com corrimão de ferro, equilibrada sinistramente na subida íngreme da rua North Court, ao lado do antigo pátio de ladrilhos e da residência colonial onde seu avô — um primo daquele celebrado corsário, o Capitão Whipple, que queimara Gaspee, a escuna armada de Sua Majestade, em 1772 — votou na legislatura de 4 de maio de 1776, pela independência da colônia de Rhode Island. Ao redor dele na biblioteca úmida, de pé-direito baixo, com os painéis brancos e bolorentos, o adorno pesado e entalhado acima da lareira e as janelas de vidraças pequenas, sombreadas pelas videiras, estavam as relíquias e registros de sua antiga família, entre os quais havia muitas alusões dúbias à casa temida na rua Benefit. Aquele lugar doentio não fica muito distante — pois a rua Benefit corre, logo acima do tribunal, ao longo da borda da colina íngreme sobre a qual o primeiro assentamento foi levantado.

Quando, no final, minha insistente importunação e anos de amadurecimento evocaram de meu tio a sabedoria acumulada que eu procurava, foi-me apresentada uma crônica estranha o suficiente. Como parte do assunto era interminável, estatística e melancolicamente genealógica, percorreu por ele uma corrente contínua de horror ameaçador e tenaz e malevolência sobrenatural que me impressionou ainda mais do que impressionara o bom doutor. Acontecimentos independentes encaixados de maneira estranha e detalhes aparentemente irrelevantes carregavam minas de possibilidades hediondas. Uma curiosidade nova e ardente cresceu em mim, comparada à minha curiosidade juvenil, que era fraca e incipiente. A primeira revelação levou a uma pesquisa exaustiva, e finalmente àquela busca arrepiante que se provou tão desastrosa para mim. Por fim, meu tio insistiu em se juntar à investigação que eu havia começado, e depois de determinada noite naquela casa, não saiu de lá comigo. Estou solitário sem aquela alma gentil cujos longos anos foram repletos apenas de honra, virtude, bom gosto, benevolência e aprendizado. Construí uma urna de mármore em sua memória no cemitério de St. John — o lugar que Poe amava — o arvoredo escondido de salgueiros gigantes na colina, onde sepulturas e lápides se agrupavam silenciosamente entre a velha estrutura da igreja e as residências e muros de contenção da rua Benefit.

A história da casa, que se abre em meio a um labirinto de datas, não revelou nenhum traço sinistro nem sobre sua construção nem sobre a família próspera e honorável que a ergueu. Contudo, desde o início, uma mancha de calamidade esteve aparente, e esta logo adquiriu uma importância agourenta. O relato compilado com cuidado por meu tio começou com a construção da estrutura em 1763, e acompanhou o assunto com uma quantidade incomum de detalhes. A casa temida, ao que parece, foi inicialmente habitada por William Harris e sua esposa, Rhoby Dexter, com seus filhos, Elkanah, nascido em 1755, Abigail, em 1757, William Jr., em 1759, e Ruth, em 1761. Harris era um importante negociante e marinheiro no comércio das Índias Ocidentais, ligado à empresa de Obadiah Brown e seus sobrinhos. Depois da morte de Brown, em 1761, a nova empresa de Nicholas Brown & Co. o tornou capitão do brigue Prudence, construído em Providence, com 120 toneladas, assim lhe possibilitando edificar a nova propriedade que desejara desde o casamento.

O lugar que havia escolhido — uma parte recentemente endireitada da nova e elegante rua Back, que corria ao longo da lateral da colina acima da abarrotada Cheapside — era tudo o que poderia ser desejado, e o edifício fazia jus à sua localização. Era o melhor que posses moderadas conseguiriam proporcionar, e Harris se apressou em se mudar antes do nascimento do quinto filho que a família esperava. Aquela criança, um menino, veio em dezembro, mas nasceu morto. Por um século e meio, nenhuma criança nasceria viva naquela casa.

Em abril seguinte, as crianças adoeceram, e Abigail e Ruth morreram antes que o mês acabasse. O Dr. Job Ives diagnosticou o problema como alguma espécie de febre infantil, embora outros declarassem que era mais uma mera deterioração ou declínio. Parecia, em todo caso, ser contagioso, pois a criada Hannah Bowen, morreu da mesma causa em junho seguinte. Eli Liddeason, o outro empregado, reclamava constantemente de fraqueza, e teria retornado para a fazenda do pai em Rehoboth se não fosse o afeto repentino por Mehitabel Pierce, contratada para suceder Hannah. Ele faleceu no ano seguinte — um ano realmente triste, já que foi marcado pela morte do próprio William Harris, debilitado pelo clima da Martinica, onde sua ocupação o mantivera por períodos consideráveis durante a década anterior.

A viúva Rhoby Harris nunca se recuperou do choque que fora a morte do marido, e o falecimento do primogênito, Elkanah, dois anos depois, foi o golpe final à sua mente. Em 1768, ela foi vítima de uma forma branda de insanidade e, daí em diante, foi confinada à parte superior do edifício, e sua irmã mais velha e solteira, Mercy Dexter, mudou-se para a casa para assumir o comando da família. Mercy era uma mulher simples, de ossos proeminentes e grande força, porém sua saúde declinou visivelmente a partir do momento de sua chegada. Era muito devotada à irmã desafortunada, e tinha um carinho especial por seu único sobrinho sobrevivente, William, que, de uma criancinha robusta, tornou-se um rapaz débil e esguio. Nesse ano, a criada Mehitabel morreu, e o outro empregado, Preserved Smith, foi embora sem nenhuma explicação coerente — ou, ao menos, com apenas algumas histórias loucas, reclamando que não gostava do cheiro do lugar. Por um tempo, Mercy não conseguiu obter mais ajuda, já que as sete mortes e o caso de insanidade, todos ocorridos dentro do período de cinco anos, começaram a promover os boatos contados à beira da lareira que mais tarde se tornariam tão bizarros. Finalmente, entretanto, conseguiu novos criados de fora da cidade: Ann White, uma mulher taciturna daquela parte de North Kingstown que hoje é o município de Exeter, e um homem competente, de Boston, chamado Zenas Low.

Ann White foi quem primeiro deu forma definida aos rumores sinistros e vãos. Mercy devia ter pensado melhor antes de contratar alguém do território de Nooseneck Hill, pois essa remota parte do interior era então, assim como agora, sede das mais desconfortáveis superstições. Pouco tempo atrás, ainda em 1892, uma comunidade de Exeter exumara um cadáver e queimara cerimoniosamente seu coração a fim de prevenir certas supostas aparições sobrenaturais, prejudiciais à saúde pública e à paz, e pode-se imaginar quais eram as ideias da mesma região em 1768. A língua de Ann era perniciosamente ativa e, dentro de alguns meses, Mercy a demitiu, preenchendo seu posto com uma mulher alta e forte, bem como leal e amável, de Newport, Maria Robbins.

Enquanto isso, a pobre Rhoby Harris, em sua loucura, deu voz a sonhos e delírios da mais horrível espécie. De vez em quando, seus gritos se tornavam insuportáveis, e, por longos períodos, ela pronunciava horrores histéricos, que necessitaram que seu filho residisse temporariamente com o primo, Peleg Harris, na travessa Presbyterian perto do novo prédio da faculdade. O garoto pareceu melhorar depois dessas estadias, e se Mercy tivesse sido tão sábia quanto bem-intencionada, ela o teria deixado viver com Peleg em definitivo. Exatamente o que a Sra. Harris berrava em seus acessos de violência a tradição hesita em dizer; ou, ao contrário, apresenta relatos tão extravagantes que se anulam por completo absurdo. De fato, soa absurdo ouvir que uma mulher educada apenas nos fundamentos do francês gritava com frequência por horas em uma forma grosseira e idiomática daquela língua, ou que a mesma pessoa, sozinha e sob vigilância, queixava-se desvairadamente de algo que a encarava, a mordia e roía. Em 1772, o criado Zenas morreu, e quando a Sra. Harris soube do fato, riu com um prazer surpreendente, completamente estranho a ela. No ano seguinte, ela mesma faleceu, e foi enterrada no Cemitério Norte, ao lado do marido.

Após a eclosão de problemas com a Grã-Bretanha, em 1775, William Harris, apesar de seus poucos 16 anos e da constituição frágil, conseguiu se alistar no Exército de Observação sob o comando do General Greene; e, desde então, desfrutou de um aumento constante de saúde e prestígio.

Em 1780, como capitão das forças de Rhode Island em Nova Jersey, sob o comando do Coronel Angell, conheceu e se casou com Phebe Hetfield de Elizabethtown, a quem trouxe para Providence após sua honorável exoneração no ano seguinte. O retorno do jovem soldado não foi um evento de completa felicidade. A casa, é verdade, ainda estava em boas condições, e a rua fora ampliada e seu nome trocado de Back para Benefit. Mas a estrutura certa vez robusta de Mercy Dexter havia passado por um declínio curioso e deprimente, de modo que agora ela era uma figura curvada e patética de voz abafada e palidez desconcertante — características compartilhadas em um nível peculiar com a única empregada restante, Maria. No outono de 1782, Phebe Harris deu à luz uma filha natimorta, e no dia 15 do mês de maio, Mercy Dexter faleceu, após uma vida útil, austera e virtuosa.

William Harris, enfim convencido por completo da natureza radicalmente insalubre de sua residência, tomou as medidas necessárias para abandoná-la e fechá-la para sempre. Garantiu aposentos temporários para ele e a esposa na recém-inaugurada pousada Golden Ball e providenciou a construção de uma residência nova e mais elegante na rua Westminster, na região em crescimento da cidade do outro lado da ponte Great. Ali, em 1785, nasceu seu filho Dutee; e lá a família residiu até que o avanço do comércio os conduziu de volta para o outro lado do rio e acima da colina, na rua Angell, no mais novo distrito residencial, East Side, onde o falecido Archer Harris construíra sua luxuosa, mas horrível mansão de telhado francês, em 1876. William e Phebe, ambos sucumbiram à epidemia de febre amarela em 1797, mas Dutee foi criado pelo primo Rathbone Harris, filho de Peleg.

Rathbone era um homem prático, e alugou a casa da rua Benefit apesar do desejo de William em mantê-la vazia. Considerava uma obrigação para o seu tutelado aproveitar o máximo de toda a propriedade que o garoto tinha, e nem se preocupou com as mortes e doenças que causaram tantas mudanças de inquilinos, tampouco com a aversão em constante crescimento que a casa geralmente provocava. É provável que tenha apenas se aborrecido quando, em 1804, a prefeitura ordenou que fumegasse o local com enxofre, alcatrão e cânfora, em razão da morte muito discutida de quatro pessoas, presumivelmente causada pela então decrescente epidemia de febre. Dizia-se que o lugar tinha um cheiro febril.

O próprio Dutee dava pouca importância à residência, pois crescera para ser um corsário, e serviu com distinção no Vigilant, sob o comando do Capitão Cahoone, na guerra de 1812. Retornou ileso, casou-se em 1814 e se tornou pai naquela noite memorável de 23 de setembro de 1815, quando um enorme vendaval levou as águas da baía sobre metade da cidade, e fez flutuar uma alta chalupa bem acima da rua Westminster, de modo que seu mastro quase bateu nas janelas de Harris em uma simbólica afirmação de que o novo garoto, Welcome, era filho de um marinheiro.

Welcome morreu antes do pai, mas viveu até perecer gloriosamente em Fredericksburg, em 1862. Tampouco ele ou o filho, Archer, conheciam a casa temida como algo além de um incômodo quase impossível de ser alugado — talvez em virtude do mofo e odor doentio de velhice descuidada. Realmente, ela nunca foi alugada depois de uma série de mortes que culminara em 1861, as quais a agitação da guerra tendia a lançar na obscuridade. Carrington Harris, o último da linhagem masculina, a reconhecia apenas como o núcleo deserto e um tanto pitoresco de lendas até que eu lhe contasse minha experiência. Ele pretendia demoli-la e construir um prédio no local, entretanto, depois do meu relato, decidiu deixá-la de pé, instalar encanamento e alugá-la. Não teve dificuldade alguma em obter inquilinos. O horror desaparecera.

Capítulo 3

Pode-se imaginar quão poderosamente fui afetado pelas histórias dos Harris. Parecia-me que, nesse relato contínuo, ruminava um mal persistente que ia além de qualquer coisa na natureza tal como eu havia conhecido; um mal claramente relacionado com a casa, e não com a família. Essa impressão foi confirmada pelo conjunto menos sistemático de dados diversos de meu tio — lendas transcritas de fofocas de empregados, recortes dos jornais, cópias dos atestados de óbito por colegas médicos e similares. Não posso esperar fornecer todo esse material, pois meu tio era um antiquário incansável e mantinha profundo interesse na casa temida; mas posso me referir a vários pontos dominantes que merecem atenção por sua recorrência ao longo de muitos relatos de diversas fontes. Por exemplo, as fofocas dos empregados eram praticamente unânimes em atribuir ao porão malcheiroso e seus fungos uma enorme supremacia em influência maligna. Houve criados — Ann White em especial — que se recusavam a usar a cozinha do porão, e pelo menos três histórias bem específicas se apoiavam nos contornos estranhos quase humanos ou diabólicos assumidos pelas raízes de árvores e manchas de mofo naquela região. Estas últimas narrativas me interessavam profundamente em função do que eu vira em minha juventude, mas senti que a maior parte do que era significativo tinha sido, em cada caso, amplamente obscurecida por adições do estoque comum das crenças fantasmagóricas locais.

Ann White, com sua superstição de Exeter, havia disseminado as histórias mais extravagantes e ao mesmo tempo mais consistentes, alegando que devia jazer enterrado sob a casa um daqueles vampiros — os mortos que retêm sua forma corporal e sobrevivem com o sangue e a respiração dos vivos — cujas horríveis legiões enviam suas formas ou espíritos predadores para o exterior à noite. Para destruir um vampiro, deve-se, as avós costumam dizer, exumá-lo e queimar seu coração, ou ao menos lançar uma estaca naquele órgão; e a insistência obstinada de Ann em uma busca sob o porão tinha sido uma causa determinante em sua demissão.

Suas histórias, no entanto, cativavam uma enorme audiência, e foram as mais rapidamente aceitas porque a casa de fato ficava num terreno utilizado como cemitério no passado. Para mim, o interesse do público dependia menos da circunstância do que da maneira peculiarmente apropriada com a qual as histórias se relacionavam a determinadas outras coisas — a queixa do empregado que partira, Preserved Smith, que havia precedido Ann e nunca ouvira falar dela, de que algo "sugava sua respiração" durante à noite; os atestados de óbito das vítimas de febre de 1804, emitidos pelo doutor Chad Hopkins, e relatando sobre as quatro pessoas falecidas, todas inexplicavelmente com ausência de sangue; e as obscuras passagens sobre os delírios da pobre Rhoby Harris, nos quais reclamava dos dentes afiados de uma presença semivisível de olhos vidrados.

Embora eu seja livre de superstições injustificadas, essas histórias produziram em mim uma sensação estranha, que foi intensificada por um par de recortes de jornal amplamente desassociados que dizia respeito às mortes da casa temida — um da *Providence Gazette and Country-Journal*, de 12 de abril de 1815, e outro, do *Daily Transcript and Chronicle*, de 27 de outubro de 1845 — cada um detalhando uma circunstância espantosamente apavorante cuja repetição era notável. Ao que parece, em ambos os casos, a pessoa que estava morrendo, em 1815, uma senhora gentil chamada Stafford, e, em 1845, uma professora de meia-idade chamada Eleazar Durfee, ficou transfigurada de um modo horrível; olhando furiosamente com os olhos vítreos, tentando morder a garganta do médico responsável. Ainda mais misterioso, no entanto, foi o caso final que pôs um fim ao aluguel da casa — uma série de mortes em consequência de anemia precedidas por acessos de loucura progressivos, em que o paciente atentava com habilidade contra a vida de seus parentes com incisões no pescoço ou nos pulsos.

    Isso foi em 1860 e 1861, quando meu tio tinha apenas começado sua prática médica; e antes de partir para a frente de batalha, ouvira muito sobre o caso dos seus colegas profissionais mais velhos. A coisa realmente inexplicável era a forma como as vítimas — pessoas ignorantes, pois a casa com cheiro doentio e amplamente temida não podia agora ser alugada a mais ninguém — balbuciavam maldições em francês, uma língua que não poderiam possivelmente ter estudado em nenhum grau. Isso fazia pensar na pobre Rhoby Harris quase um século antes, e comoveu tanto meu tio que ele começou a recolher dados históricos sobre a residência após ouvir, algum tempo depois de seu retorno da guerra, o relato em primeira mão dos doutores Chase e Whitmarsh. De fato, eu podia ver que meu tio tinha pensado profundamente sobre o assunto, e que estava feliz pelo meu próprio interesse — um interesse de mente aberta e compreensivo que lhe permitiu discutir comigo assuntos sobre os quais outros simplesmente ririam. Sua imaginação não chegara tão longe quanto a minha, mas ele sentiu que o lugar era extraordinário em suas potencialidades imaginativas, e digno de nota como uma inspiração no campo do grotesco e do macabro.

De minha parte, estava disposto a encarar toda a questão com profunda seriedade, e comecei imediatamente não apenas a revisar as evidências, como a acumulá-las o máximo que pudesse. Falei com o senhor Archer Harris, então proprietário da casa, muitas vezes antes da morte dele, em 1916; e obtive com ele e sua irmã solteira ainda viva, Alice, uma autêntica corroboração de todos os dados da família que meu tio havia coletado. Quando, porém, perguntei a eles sobre qual conexão com a França ou seu idioma a casa poderia ter, eles se confessaram tão honestamente perplexos e ignorantes quanto eu. Archer não sabia de nada, e tudo o que a senhorita Harris poderia contar era sobre uma antiga alusão que seu avô, Dutee Harris, tinha ouvido e que poderia lançar um pouco de luz ao assunto. O velho marinheiro, que sobrevivera à morte de seu filho Welcome em batalha por dois anos, não conhecia a lenda, mas se lembrava de que sua primeira babá, a velha Maria Robbins, parecia estar sombriamente consciente de algo que poderia ter emprestado uma estranha significância aos delírios em francês de Rhoby Harris, que ela ouvira com tanta frequência durante os últimos dias daquela mulher infeliz. Maria morara na casa temida de 1769 até a mudança da família em 1783, e vira Mercy Dexter morrer. Certa vez, ela insinuou a Dutee, quando criança, uma circunstância um tanto peculiar nos últimos momentos de Mercy, porém ele logo se esquecera de tudo, exceto de que se tratava de algo estranho. A neta, além do mais, lembrava-se até mesmo disso com dificuldade. Ela e o irmão não estavam muito interessados na casa tanto quanto o filho de Archer, Carrington, o proprietário atual, com quem conversei depois da minha experiência.

Ao ter esgotado a família Harris de toda a informação que pudesse fornecer, voltei minha atenção para os primeiros registros e escrituras da cidade com um zelo mais pungente do que aquele que meu tio ocasionalmente demonstrara ao realizar o mesmo trabalho. O que eu desejava era uma história completa do local desde seu próprio assentamento, em 1636 — ou mesmo de épocas anteriores, se alguma lenda indígena dos Narragansett pudesse ser desenterrada para fornecer os dados. Descobri que, no início, o território tinha sido parte de uma longa faixa do lote concedido originalmente a John Throckmorton; uma das muitas faixas similares que começavam na rua Town, ao longo do rio, e se estendiam acima da colina até uma linha que hoje corresponde aproximadamente à nova rua Hope. Depois, o lote Throckmorton foi, é claro, bastante subdividido; e me dediquei muito a rastrear aquela seção através da qual a rua Back ou Benefit foi construída mais tarde. Tinha sido, um rumor de fato afirmava, o cemitério de Throckmorton; mas como examinei nos registros mais cuidadosamente, descobri que os túmulos tinham sido todos transferidos em uma data anterior para o Cemitério Norte, na estrada Pawtucket West.

Então de repente me deparei — por uma rara obra do acaso, já que não pertencia ao corpo principal de registros e poderia facilmente ter passado despercebido — com algo que despertou meu mais ávido entusiasmo, ao se encaixar com diversas das fases mais estranhas do assunto. Era o registro de um aluguel em 1697, relativo a um pequeno trecho de terra para um tal de Etienne Roulet e sua esposa. Finalmente o elemento francês aparecera — este e outro elemento mais profundo de horror que o nome evocara das mais obscuras reentrâncias da minha leitura estranha e heterogênea — e eu estudei febrilmente o pequeno pedaço de terra da localidade como havia sido antes da abertura e do endireitamento parcial da rua Back entre 1747 e 1758. Encontrei o que em parte já esperava, que onde hoje jazia a casa temida os Roulet haviam disposto seu cemitério atrás de um chalé térreo com um sótão, e que não existia nenhum registro de qualquer transferência de túmulos. O documento, de fato, terminava em muita confusão; e fui forçado a revirar tanto os arquivos da Sociedade Histórica de

Rhode Island como os da Biblioteca Shepley até encontrar uma porta que o nome de Etienne Roulet pudesse destrancar. Ao final, realmente encontrei algo; algo de uma tão vaga, porém monstruosa relevância, que comecei a investigar imediatamente o porão da própria casa temida com uma nova e entusiasmada minúcia.

Os Roulet, ao que parece, haviam chegado em 1696 de East Greenwich, na costa oeste da Baía de Narragansett. Eram huguenotes de Caude, e haviam encontrado muita oposição antes que os membros do conselho municipal de Providence permitissem que se estabelecessem na cidade. A impopularidade os havia perseguido em East Greenwich, para onde tinham ido em 1686, depois da revogação do Edito de Nantes, e rumores diziam que a causa da antipatia se estendia além do mero preconceito racial e nacional, ou das disputas de terra que envolviam outros colonizadores franceses e ingleses em rivalidades que nem mesmo o governador Andros poderia reprimir. No entanto, a seu protestantismo ardente — ardente demais, alguns sussurravam — e a seu evidente tormento quando foram praticamente expulsos do povoado havia sido concedido um refúgio; e ao moreno Etienne Roulet, menos apto na agricultura do que na leitura de livros bizarros e no desenho de diagramas estranhos, foi dado um posto administrativo no almoxarifado no cais em Pardon Tillinghast, bem ao sul na rua Town. Houve, porém, um tumulto de algum tipo mais tarde — talvez 40 anos depois, após a morte do velho Roulet — e depois disso ninguém mais parecia ter ouvido falar da família.

Por mais de um século, ao que parece, os Roulet haviam sido bastante lembrados e frequentemente discutidos como incidentes significativos na vida calma de um porto da Nova Inglaterra. O filho de Etienne, Paul, um sujeito rabugento cujo comportamento inconsistente havia provavelmente provocado o tumulto que eliminou a família, era uma fonte de especulação em particular; e, embora Providence nunca tenha compartilhado do pânico de bruxaria de suas vizinhas puritanas, velhas senhoras livremente declararam que as orações dele não foram nem proferidas no tempo oportuno nem dirigidas ao objeto adequado. Tudo isso sem dúvida formou as bases da lenda conhecida pela velha Maria Robbins. Que relação ela tinha com os delírios em francês de Rhoby Harris e outros habitantes da casa temida, somente a imaginação ou futuras descobertas poderiam determinar. Imagino quantos daqueles que conheciam as lendas perceberam aquela conexão adicional com o terrível que minha leitura mais ampla havia fornecido; aquele item agourento nas histórias de horror mórbido que conta sobre a criatura Jacques Roulet, de Caude, que, em 1598, foi condenado à morte como um demoníaco, mas depois foi salvo das chamas pelo parlamento de Paris e trancado em um hospício. Ele foi encontrado coberto de sangue e pedaços de carne em um bosque, pouco tempo depois do assassinato e da dilaceração de um garoto por um par de lobos. Um lobo foi visto correndo para longe, ileso. Com certeza, uma bela história para ser contada ao pé da lareira, com uma significância bizarra quanto ao nome e local; mas decidi que os fofoqueiros de Providence não podiam saber disso em geral. Se soubessem, a coincidência de nomes teria levado a alguma ação drástica e assustada — de fato, seu sussurro limitado não poderia ter precipitado o tumulto final que eliminou os Roulet da cidade?

    Eu então visitei o local amaldiçoado com crescente frequência, estudando a vegetação nociva do jardim, examinando todas as paredes do edifício, esquadrinhando cada centímetro do chão de barro do porão. Finalmente, com a permissão de Carrington Harris, inseri uma chave na porta de entrada em desuso do porão, que dava diretamente para a rua Benefit, preferindo ter um acesso mais imediato para o mundo exterior do que aquele que as escadas escuras, o corredor do piso térreo e a porta da frente poderiam me oferecer. Ali, onde a morbidez espreitava mais densamente, procurei e vasculhei durante longas tardes quando a luz do sol se infiltrava através das janelas acima do solo cobertas de teias de aranha e uma sensação de segurança brilhava da porta destrancada que me colocava apenas a alguns metros da plácida calçada do lado de fora. Nada de novo recompensou meus esforços — apenas o mesmo mofo deprimente e sugestões fracas de um odor nocivo e contornos nitrosos no chão — e imaginei que muitos pedestres devem ter me observado com curiosidade pelas vidraças quebradas.

Por fim, após uma sugestão de meu tio, decidi examinar o local depois que escurecesse; e em uma meia-noite tempestuosa, os raios de luz de uma lanterna iluminaram o piso mofado com suas formas estranhas e fungos distorcidos, meio fosforescentes. O lugar havia me desanimado curiosamente naquela noite, e eu estava quase pronto para ir embora quando vi — ou pensei ter visto — entre os sedimentos esbranquiçados uma silhueta particularmente distinta da "forma encurvada" de que eu suspeitara na juventude. Sua nitidez era assombrosa e sem precedentes — e enquanto observava, parecia ver outra vez a exalação fraca, amarelada e cintilante que me alarmara naquela tarde chuvosa tantos anos atrás.

Ela se elevava sobre a mancha antropomorfa de mofo próximo à lareira; um vapor sutil, doentio e quase luminoso que, enquanto pairava trêmulo na umidade, parecia desenvolver sugestões vagas e surpreendentes de forma, gradualmente diminuindo em degradação nebulosa e escapando para a escuridão da grande chaminé com um fedor no encalço. Era verdadeiramente horrível, e mais ainda para mim, em razão do que sabia sobre o lugar. Recusando-me a fugir, eu o observei se dissipar — e enquanto assistia, senti que ele estava, por sua vez, contemplando-me vorazmente com olhos mais imagináveis do que visíveis. Quando contei ao meu tio sobre isso, ele ficou muito animado; e, depois de uma hora tensa de reflexão, chegou a uma decisão definitiva e drástica. Pesando em sua mente a importância do assunto, e o significado de nossa relação com este, ele insistiu que nós dois examinássemos — e, se possível, destruíssemos — o horror da casa com uma noite conjunta ou noites de vigília agressiva naquele porão mofado e amaldiçoado por fungos.

Capítulo 4

Na quarta-feira, dia 25 de junho de 1919, após uma notificação adequada de Carrington Harris, a qual não incluía suposições quanto ao que esperávamos encontrar, meu tio e eu levamos para a casa temida duas cadeiras de acampamento e uma cama dobrável, assim como alguns aparelhos científicos de grande peso e complexidade. Colocamos tudo no porão durante o dia e cobrimos as janelas com papel, planejando retornar à noite para a nossa primeira vigília. Havíamos trancado a porta do porão para o piso térreo e, como tínhamos uma chave para a porta que dava para a rua, estávamos preparados para deixar ali nosso equipamento caro e delicado — que havíamos obtido secretamente e por um alto valor — por quantos dias nossa vigília precisasse ser prolongada. Nosso plano era nos manter acordados até bem tarde, e então observar individualmente até o amanhecer — em turnos de duas horas, primeiro eu e, então, meu companheiro — o membro inativo descansando na cama dobrável.

A liderança natural com que meu tio obtivera os instrumentos dos laboratórios da Universidade Brown e do Arsenal Cranston Street, e instintivamente assumira a direção de nossa aventura, era um relato magnífico sobre a vitalidade em potencial e a resiliência de um homem de 81 anos. Elihu Whipple vivera de acordo com as leis sanitárias que havia pregado como médico, e a não ser pelo que aconteceu mais tarde, estaria aqui hoje em completo vigor. Apenas duas pessoas suspeitaram do que ocorreu — Carrington Harris e eu. Precisei contar a Harris porque ele era o proprietário da casa e merecia saber o que tinha acontecido. Além disso, havíamos falado com ele antes de iniciar a nossa busca; e senti, depois da partida de meu tio, que ele entenderia e me auxiliaria a dar algumas explicações públicas de vital importância. Ele ficou muito pálido, mas concordou em me ajudar, e decidiu que agora seria seguro alugar a casa.

Declarar que não estávamos nervosos naquela noite chuvosa de vigília seria um exagero tanto grosseiro como ridículo. Não éramos, como eu havia dito, ingenuamente supersticiosos, mas o estudo científico e a reflexão haviam nos ensinado que o universo de três dimensões abrange a menor fração de todo o cosmos de substância e energia. Nesse caso, um predomínio esmagador de evidências de numerosas fontes autênticas apontava para a existência obstinada de determinadas forças de grande poder e, no que diz respeito ao ponto de vista humano, malignidade excepcional. Afirmar que realmente acreditávamos em vampiros ou lobisomens seria uma declaração negligentemente abrangente. Em vez disso, deve-se dizer que não estávamos preparados para rejeitar a possibilidade de certas modificações desconhecidas e não classificadas de força vital e matéria reduzida, existindo muito raramente no espaço tridimensional em virtude de sua conexão mais íntima com outras unidades espaciais, porém perto o suficiente dos limites da nossa para nos fornecer manifestações ocasionais que, por falta de um ponto de vista adequado, nunca podemos esperar compreender.

Em resumo, parecia a mim e a meu tio que uma gama incontestável de fatos apontava para alguma influência persistente na casa temida; rastreável a um ou outro dos colonos franceses com mau aspecto de dois séculos atrás, e ainda atuante por meio de leis raras e desconhecidas do movimento atômico e eletrônico. Que a família Roulet detinha uma afinidade anormal com círculos de entidade exteriores — esferas obscuras que suscitam apenas repulsa e terror em pessoas normais — sua história registrada parecia comprovar. Não teriam, então, os tumultos dos velhos tempos de 1730 colocado em movimento certos padrões cinéticos no cérebro mórbido de um ou mais deles — notavelmente o sinistro Paul Roulet — que sobrevivera de modo sinistro a corpos assassinados e enterrados pela multidão, e continuara a funcionar em algum espaço de múltiplas dimensões ao longo das linhas de força originais determinadas por um ódio frenético da comunidade invasora?

Essa coisa certamente não era uma impossibilidade física ou bioquímica à luz de uma ciência moderna que abrange as teorias da relatividade e da ação intra-atômica. Poderia-se imaginar com facilidade um núcleo estranho de substância ou energia, com ou sem forma, mantido vivo por subtrações imperceptíveis ou imateriais da força vital, ou tecidos e fluídos corporais de outros seres mais palpavelmente vivos dentro dos quais penetra e com cuja estrutura às vezes se funde por completo. Pode ser ativamente hostil ou apenas obedecer a estímulos cegos de autopreservação. De qualquer maneira, tal monstro deve necessariamente ser em nosso esquema de coisas uma anomalia ou um intruso, cuja extirpação constitui um dever primário de todo homem que não é inimigo da vida, saúde e sanidade do mundo.

O que nos deixou perplexos foi a nossa completa ignorância em relação ao aspecto em que poderíamos encontrar a coisa. Nenhuma pessoa sensata já a tinha visto, e poucos a haviam sentido nitidamente. Poderia ser energia pura — uma forma etérea e externa ao reino da substância — ou em parte material; alguma massa desconhecida e confusa de plasticidade, capaz de se transformar sempre que quisesse em aproximações nebulosas dos estados sólido, líquido, gasoso ou sutilmente desprovido de partículas. A mancha antropomorfa de mofo no chão, a forma do vapor amarelado e a curvatura das raízes das árvores em algumas das histórias antigas, tudo demonstrava pelo menos uma conexão remota e reminiscente com a condição humana; mas quão representativa ou permanente essa similaridade poderia ser, ninguém podia dizer com qualquer tipo de certeza.

Nós havíamos inventado dois gêneros de armas para lutar contra ela: um tubo de Crookes grande e especialmente equipado, operado por poderosas baterias de armazenamento e provido de telas e refletores peculiares, caso a coisa se provasse intangível e oponível apenas por radiações de éter vigorosamente destrutivas; e um par de lança-chamas militares do tipo usado na Grande Guerra, caso ela se provasse em parte material e suscetível à destruição mecânica — pois como os camponeses supersticiosos de Exeter, estávamos preparados para queimar o coração da coisa se existisse um coração para ser queimado. Instalamos toda essa aparelhagem agressiva no porão em posições cuidadosamente planejadas em relação à cama dobrável, às cadeiras e ao ponto diante da lareira em que o mofo assumira formatos estranhos. Aquela mancha sugestiva, a propósito, ficou apenas ligeiramente visível quando dispusemos nosso mobiliário e nossos instrumentos, e quando retornamos naquela noite para a vigília de fato. Por um momento, duvidei que alguma vez a tivesse visto em uma forma mais definida — mas então lembrei das lendas.

Nossa vigília no porão começou às dez da noite, no horário de verão, e conforme avançava, não encontramos perspectivas de desenvolvimentos satisfatórios. Um brilho fraco, filtrado dos postes de luz atormentados pela chuva do lado de fora, e uma débil fosforescência dos fungos detestáveis no interior revelaram a pedra gotejante das paredes, das quais todos os traços de cal haviam desaparecido; o chão de terra úmido e frio, fétido e manchado de mofo com seus fungos obscenos; os restos apodrecidos do que haviam sido banquetas, cadeiras, mesas e outros móveis ainda mais disformes; as pranchas pesadas e vigas imensas do piso térreo acima; a porta de tábuas decrépita que conduzia a depósitos e câmaras debaixo de outras partes da casa; a escada decadente de pedra com um corrimão de madeira em ruínas; e a lareira grosseira e cavernosa de tijolos enegrecidos em que fragmentos de ferro enferrujado revelavam a presença passada de ganchos, cães de lareira, espetos e uma porta de um forno holandês — essas coisas, nossa cama dobrável e cadeiras austeras e o pesado maquinário complexo e destrutivo que havíamos trazido.

Havíamos deixado, de acordo com minhas próprias explorações anteriores, a porta para a rua destrancada; de modo que tínhamos uma rota de fuga direta e prática em caso de manifestações além do nosso poder de controle. Pensamos que nossa presença noturna e contínua iria convocar qualquer entidade maligna que ali espreitasse; e que, estando preparados, poderíamos nos livrar da coisa com um ou outro dos meios à nossa disposição assim que a tivéssemos identificado e observado o suficiente. Quanto tempo levaria para invocar e extinguir a coisa, não tínhamos noção. Ocorreu-nos, também, que nossa aventura estava longe de ser segura, pois ninguém podia prever em que nível de força a coisa poderia se manifestar. No entanto, julgamos o jogo digno de risco, e embarcamos nele sozinhos e resolutamente, conscientes de que a busca por ajuda externa apenas nos exporia ao ridículo e talvez levaria ao fracasso todo o nosso objetivo. Esse era nosso estado de espírito conforme conversávamos — até tarde da noite, até que a crescente sonolência de meu tio me fez lembrá-lo de se deitar para as suas duas horas de sono.

Algo semelhante a medo me arrepiou enquanto eu fiquei sentado ali na madrugada sozinho — digo sozinho porque alguém sentado ao lado de uma pessoa adormecida está de fato sozinho; talvez mais sozinho do que se pode perceber. Meu tio respirava pesadamente, suas profundas inspirações e exalações acompanhadas pela chuva lá fora, e pontuadas por outro som angustiante de um distante gotejamento dentro da casa — pois ela estava repulsivamente úmida mesmo no clima seco, e nesta tempestade se parecia categoricamente com um pântano. Estudei a alvenaria frouxa e antiga das paredes sob a luz dos fungos e os raios fracos que escapavam do exterior através das janelas de tela; e certa vez, quando a atmosfera desagradável do lugar parecia me deixar enjoado, abri a porta e olhei para um lado e para o outro da rua, deleitando meus olhos com visões familiares e minhas narinas com ar saudável. Ainda assim, nada ocorreu para recompensar minha vigilância; e bocejei repetidamente, enquanto a fadiga prevalecia sobre a apreensão.

Então a agitação de meu tio em seu sono atraiu a minha atenção. Durante a última metade da primeira hora, ele se virara inquietamente na cama diversas vezes, mas agora estava respirando com uma irregularidade incomum, vez ou outra soltando um suspiro que continha mais do que algumas das características de um gemido sufocado. Liguei minha lanterna elétrica, iluminando-o, e encontrei seu rosto virado, então me levantei e atravessei até o outro lado da cama, novamente direcionando a luz para verificar se ele parecia sentir alguma dor. O que vi me alarmou de modo muito surpreendente, considerando sua relativa trivialidade. Deve ter sido apenas a associação de uma estranha circunstância com a natureza sinistra de nossa localização e missão, pois a condição certamente não era em si assustadora ou anormal. Era apenas que a expressão facial de meu tio, sem dúvida perturbada pelos sonhos estranhos que a nossa situação instigava, revelava uma agitação considerável, e não parecia de modo algum característica dele. Sua expressão habitual era de gentil amabilidade e calma, enquanto agora uma variedade de emoções parecia estar lutando dentro de si. Acredito, no geral, que o que principalmente me perturbou foi essa variedade. Meu tio, conforme arquejava e se revirava numa perturbação crescente, com olhos arregalados, parecia ser não apenas um homem, e sim vários, e sugeria uma qualidade curiosa de alienação a si mesmo.

De repente, ele começou a murmurar, e não gostei da aparência de sua boca e dos seus dentes enquanto ele falava. De início, as palavras eram indistinguíveis, e então — com um tremendo

A CIDADE SEM NOME

sobressalto — reconheci algo nelas que me encheu de medo gélido, até que me lembrei da extensão da educação de meu tio e das intermináveis traduções que ele fizera de artigos antropológicos e antiquários para a *Revue des Deux Mondes*. Pois o venerável Elihu Whipple estava murmurando em francês, e as poucas frases que eu podia distinguir pareciam conectadas com os mais obscuros mitos que ele tinha adaptado da famosa revista parisiense.

Subitamente, a testa do meu tio começou a transpirar, e ele pulou abruptamente, meio desperto. A confusão em francês se transformou em um grito em inglês, e a voz rouca berrou, nervosa:

— Minha respiração, minha respiração!

Então o despertar foi completo, e com o retorno de sua expressão facial para um estado normal, meu tio agarrou minha mão e começou a contar seu sonho, cujo núcleo de significado eu podia apenas deduzir com uma espécie de espanto.

Ele tinha, contou, flutuado de uma série muito comum de imagens oníricas para uma cena cuja estranheza não estava relacionada a nada que já tinha lido. Era deste mundo, e ainda assim, não era — uma confusão geométrica sombria na qual podiam ser observados elementos de coisas familiares nas combinações mais desconhecidas e perturbadoras. Havia uma sugestão de imagens estranhamente desordenadas sobrepostas umas às outras; um arranjo no qual os fundamentos do tempo, bem como do espaço, aparentavam estar dissolvidos e misturados da maneira mais ilógica. Nesse vórtice caleidoscópico de imagens fantásticas havia instantâneos ocasionais, se alguém pudesse usar o termo, de nitidez singular, mas de heterogeneidade inexplicável.

Em dado momento, meu tio pensou que estava em um poço aberto, cavado de modo descuidado, com uma multidão de rostos zangados emoldurados por madeixas desalinhadas e chapéus de três pontas, que franziam a testa para ele. De novo, ele parecia estar dentro de uma casa — uma casa antiga, aparentemente —

mas os detalhes e os habitantes mudavam constantemente, e ele nunca conseguia estar certo dos rostos ou dos móveis, ou mesmo do cômodo em si, já que as portas e janelas pareciam estar em um estado de fluxo tão grande quanto os objetos mais presumivelmente móveis. Era estranho — muito estranho — e meu tio falava de maneira quase encabulada, como se esperasse que não se acreditasse nele, quando declarou que entre as faces estranhas, muitas carregavam claramente as características da família Harris. E, ao mesmo tempo, havia uma sensação pessoal de sufocamento, como se alguma presença penetrante tivesse se espalhado por seu corpo e procurado assumir seus processos vitais. Estremeci ao pensar nesses processos vitais, esgotados como estavam aos 81 anos de funcionamento contínuo, em conflito com forças desconhecidas que um sistema mais jovem e forte bem poderia temer; mas no momento seguinte, refleti que sonhos são apenas sonhos, e que essas visões desconfortáveis não poderiam ser nada além da reação de meu tio às investigações e às expectativas que tinham recentemente preenchido nossas mentes, excluindo todo o resto.

A conversa também logo tratou de dispersar minha sensação de estranheza; e no tempo devido, cedi aos bocejos e assumi meu turno para dormir. Meu tio parecia estar agora bastante acordado, e ficou contente com a chegada do seu período de vigília, muito embora o pesadelo o tivesse despertado bem antes das duas horas a ele designadas. Fui tomado pelo sono com rapidez e imediatamente assombrado por sonhos da espécie mais perturbadora. Senti, em minhas visões, uma solidão cósmica e profunda; com uma hostilidade surgindo de todos os lados em uma prisão onde eu jazia confinado. Eu parecia estar amarrado e amordaçado, e atormentado pelos berros ecoantes de multidões distantes que ansiavam pelo meu sangue. O rosto de meu tio apareceu para mim com associações menos agradáveis do que nas horas em que eu estava acordado, e me lembrei de muitos esforços e tentativas inúteis de gritar. Não foi um sono agradável e, por um segundo, não lamentei pelo grito ecoante que abriu caminho pelas barreiras do sonho e me atirou para um despertar agudo e assustado no qual cada objeto real diante dos meus olhos se destacava com nitidez e realidade superiores ao natural.

Capítulo 5

Eu estava deitado com o rosto afastado da cadeira do meu tio, de modo que nesse repentino clarão de despertar vi apenas a porta para a rua, a janela mais ao norte do cômodo, bem como a parede, o piso e o teto nessa direção, tudo fotografado com vivacidade mórbida no meu cérebro sob uma luz mais intensa do que o brilho dos fungos ou os raios que vinham do exterior. Não era uma luz forte ou sequer razoavelmente forte; com certeza, não era suficiente para ler um livro comum. No entanto, ela lançou uma sombra de mim e da cama no chão, e tinha uma força penetrante e amarelada que aludia a coisas mais potentes do que a luminosidade. Percebi isso com uma nitidez doentia, apesar de dois dos meus outros sentidos terem sido violentamente atacados; pois nos meus ouvidos ressoavam as reverberações daquele grito chocante, enquanto minhas narinas se irritavam com o fedor que preenchia o local. Minha mente, tão alerta quanto os meus sentidos, reconheceu o que era gravemente anormal; e quase automaticamente, pulei e me virei para agarrar os instrumentos destrutivos que havíamos deixado preparados na região mofada diante da lareira. Ao me virar, temi com o que estava para ver, já que o grito fora emitido pela voz de meu tio, e eu não sabia contra qual ameaça precisaria defender a ele e a mim.

No fim das contas, contudo, a visão era pior do que eu temera. Há horrores além dos horrores, e este era um daqueles núcleos de todas as monstruosidades sonháveis que o cosmos reserva para destruir alguns poucos amaldiçoados e infelizes. Do solo coberto por fungos, fumegava uma luz cadavérica vaporosa, amarelada e doentia, que transbordava e se dispersava até uma altura gigantesca em vagos contornos meio humanos e meio monstruosos, pelo qual eu podia ver a chaminé e a lareira adiante. Havia olhos por toda a parte — ferozes e zombadores — e a cabeça rugosa, como a de um inseto, dissolvia-se em seu topo em um fluxo fraco de vapor que se enrolava repugnantemente ao redor e por fim desaparecia pela chaminé. Digo que vi essa coisa, mas foi apenas em retrospecção consciente que tracei definitivamente sua aproximação condenável a uma forma. Naquele momento, era para mim apenas uma nuvem fervente e vagamente fosforescente de repugnância fúngica, envolvendo e diluindo em uma plasticidade detestável o único objeto para o qual minha atenção estava voltada. Aquele objeto era o meu tio — o venerável Elihu Whipple — que, com feições enegrecidas e decadentes, olhava maliciosamente para mim e falava palavras sem sentido, estendendo garras gotejantes para me despedaçar na fúria que esse horror havia trazido.

Foi uma noção de rotina que me impediu de enlouquecer. Havia me preparado para o momento crucial, e esse treinamento cego me salvou. Reconhecendo que o mal borbulhante não era uma substância vulnerável à matéria ou à química material e, portanto, ignorando o lança-chamas à minha esquerda, liguei a corrente do equipamento do tubo de Crookes e focalizei em direção àquela cena de blasfêmia imortal as mais poderosas radiações de éter que a arte do homem pode despertar dos espaços e fluidos da natureza. Houve uma névoa azulada e um piscar frenético, e a fosforescência amarelada ficou mais fraca aos meus olhos. Mas vi que a escuridão era apenas um efeito do contraste e as ondas da máquina não surtiam nenhum efeito.

Então, em meio àquele espetáculo demoníaco, observei um novo horror que trouxe gritos aos meus lábios e me levou, atrapalhado e cambaleante, em direção àquela porta destrancada para a rua tranquila, indiferente a quais terrores anormais libertava para o mundo ou a quais pensamentos e julgamentos do homem fazia cair sobre minha cabeça. Naquela fraca combinação de azul e amarelo, a forma de meu tio iniciara uma liquefação nauseante, cuja essência escapa a todas as descrições e durante a qual cintilaram em seu rosto evanescente tamanhas mudanças de identidade que apenas a loucura pode conceber. Ele era ao mesmo tempo um demônio e uma multidão, um ossuário e um cortejo. Iluminada pelos raios híbridos e instáveis, aquela face gelatinosa assumiu uma dúzia — vinte — cem — aspectos; sorridente, enquanto afundava no chão sobre um corpo que se derretia como sebo, à semelhança caricaturada de legiões que eram e ao mesmo tempo não eram estranhas.

Vi as características da linhagem dos Harris, masculinas e femininas, adultas e infantis, e outras feições velhas e jovens, grosseiras e refinadas, familiares e desconhecidas. Por um segundo, exibiu-se rapidamente uma imitação degradada de uma miniatura da pobre Rhoby Harris que eu vira no Museu da Escola de Desenhos e, em outro momento, pensei ter flagrado a imagem de Mercy Dexter, com seus ossos proeminentes, ao lembrar dela de uma pintura na casa de Carrington Harris. Era assustador além da imaginação; no fim, quando uma mistura curiosa de semblantes de empregados e bebês tremeluziu próximo ao piso fúngico onde uma poça de gordura esverdeada se espalhava, pareceu que as feições cambiantes lutavam contra si mesmas e se esforçavam para formar contornos como aqueles do rosto gentil de meu tio. Gosto de pensar que ele existiu naquele momento e que tentava se despedir de mim. Acho que deixei escapar um soluço de despedida da minha própria garganta seca enquanto cambaleava para a rua; um fluxo fraco de gordura me seguindo pela porta em direção à calçada encharcada pela chuva.

O resto é sombrio e monstruoso. Não havia ninguém na rua molhada, e não havia ninguém no mundo com quem eu me atrevesse a falar. Andei a esmo, rumo ao sul, passando pelo College Hill e pelo Athenaeum, pela rua Hopkins, e sobre a ponte para a zona de negócios, onde altos edifícios pareciam me proteger como coisas materiais e modernas protegem o mundo dos assombros antigos e prejudiciais. Então o amanhecer acinzentado se revelou úmido pelo leste, destacando a silhueta da colina arcaica e seus campanários veneráveis, e me atraindo de volta para o local onde minha tarefa terrível ainda estava inacabada. E enfim fui, molhado, sem chapéu, e atordoado sob a luz da manhã, e entrei por aquela porta horrível na rua Benefit que havia deixado entreaberta e a qual ainda balançava misteriosamente à vista dos antigos donos de casas com quem eu não ousava falar.

A gordura havia desaparecido, pois o solo mofado estava poroso. E na frente da lareira não havia vestígio da forma gigante e retorcida em nitrato de potássio. Olhei para a cama, as cadeiras, os instrumentos, meu chapéu abandonado e o chapéu de palha amarelado do meu tio. O atordoamento era predominante, e mal podia me lembrar do que era sonho e do que era realidade. Então a razão retornou pouco a pouco, e soube que tinha testemunhado coisas mais horríveis do que sonhara. Sentei-me e tentei conjeturar, na medida em que a sanidade me permitia, sobre o que havia acabado de acontecer e sobre como eu poderia acabar com o horror, se ele de fato tivesse sido real. Matéria não parecia ser, nem éter, nem nada mais concebível pela mente mortal. O que, então, senão alguma exalação exótica; algum vapor vampiresco como aquele que os rústicos de Exeter falavam que ficavam à espreita sobre determinados cemitérios? Senti que essa era a pista, e novamente olhei para o chão diante da lareira, onde o mofo e o nitrato de potássio haviam assumido formas estranhas. Em dez minutos, minha mente estava decidida, e pegando meu chapéu, parti para casa, onde tomei banho, comi e, por telefone, ordenei que fossem entregues uma picareta, uma pá, uma máscara de gás militar e seis garrafões de ácido sulfúrico, tudo na manhã seguinte na porta do porão da casa temida na rua Benefit. Depois disso, tentei dormir; e, ao falhar, passei as horas lendo e compondo versos vazios para neutralizar meu humor.

Às 11 horas da manhã do dia seguinte, comecei a cavar. O clima estava ensolarado, e estava feliz por isso. Eu continuava sozinho, uma vez que, por mais que temesse o horror desconhecido que procurava, temia mais ainda a ideia de contar sobre isso a alguém. Mais tarde, contei a Harris apenas por pura necessidade e porque ele ouvira histórias estranhas dos mais velhos que o predispuseram muito pouco à credulidade. Enquanto revirava a terra preta e fedorenta à frente da lareira, minha pá fazia com que um icor amarelado e viscoso escorresse dos fungos brancos que ela separava, e estremeci com os pensamentos dúbios sobre o que poderia vir a descobrir. Certos segredos da terra interior não são bons para a humanidade, e este me parecia ser um deles.

Minha mão tremia perceptivelmente, mas continuei a cavoucar; depois de um tempo, trabalhando de dentro do enorme buraco que havia aberto. Com o aprofundamento da abertura, que tinha cerca de meio metro quadrado, o odor maligno aumentou; e deixei de ter todas as dúvidas quanto ao meu contato iminente com a coisa infernal cujas exalações haviam amaldiçoado a casa por mais de um século e meio. Imaginei como ela se pareceria — qual seria sua forma e substância, e quão grande poderia ter ficado depois de longas eras sugando a vida. Por fim, escalei para fora do buraco e espalhei a terra amontoada, então dispondo os grandes garrafões de ácido ao redor e próximo às duas das laterais, de maneira que, quando fosse necessário, eu pudesse esvaziá-los todos na abertura em rápida sucessão. Depois disso, joguei a terra apenas ao longo dos dois outros lados do buraco, trabalhando mais vagarosamente e colocando minha máscara de gás conforme o cheiro ficava mais forte. Eu estava realmente alarmado com a minha proximidade a uma coisa desconhecida no fundo do poço.

De repente, minha pá atingiu algo mais macio do que a terra. Estremeci e fiz um movimento como se quisesse sair do buraco, cuja profundidade alcançava agora a altura do meu pescoço. Então, a coragem retornou, e cavouquei mais terra sob a luz da lanterna elétrica que tinha trazido. A superfície que descobri era esquisita e vítrea — um tipo de geleia sólida semipútrida com insinuações de translucidez. Raspei mais fundo, e vi que aquilo tinha uma forma. Havia uma fissura em que uma parte da substância estava dobrada. A área exposta era enorme e aproximadamente cilíndrica; como um gigantesco tubo de aquecimento, suave, azul e branco e duplicado, com a parte maior com cerca de 60 centímetros de diâmetro. Cavei ainda mais, e então pulei de repente para fora do buraco e para longe da coisa imunda, freneticamente destampando e inclinando os pesados garrafões e derramando seu conteúdo corrosivo um depois do outro naquele golfo sepulcral e sobre essa anormalidade impensável cujo cotovelo titânico eu havia visto.

Nunca mais vai se apagar da minha memória o turbilhão ofuscante de vapor verde-amarelado que se avolumou tempestuosamente daquele buraco enquanto as inundações de ácido escorriam. Por toda a colina, as pessoas contam sobre o dia amarelo, quando vapores virulentos e horríveis se elevavam dos resíduos da fábrica jogados no rio Providence, mas sei quão enganados eles estão quanto à sua fonte. Eles contam, também, de um rugido horrível que, ao mesmo tempo, veio de algum encanamento desarranjado ou de um duto de gás subterrâneo — mas poderia corrigi-los outra vez se me atrevesse. Foi inexprimivelmente chocante, e não sei dizer como sobrevivi a isso. Desmaiei após esvaziar o quarto garrafão, que tive que manusear depois que os gases começaram a penetrar em minha máscara; mas, quando me recuperei, vi que o buraco não estava exalando novos vapores.

Esvaziei os dois garrafões remanescentes sem resultados memoráveis e, depois de um tempo, senti-me seguro para colocar a terra de volta no poço. O pôr do sol chegou antes que eu terminasse, mas o medo havia desaparecido do lugar. A umidade estava menos fétida, e todos os fungos estranhos haviam murchado, transformando-se em um tipo de pó acinzentado inofensivo que se espalhava como cinzas pelo chão. Um dos mais profundos terrores da terra havia perecido para sempre; e, se houver um inferno, teria finalmente recebido a alma demoníaca de um ser profano. Enquanto eu assentava a última pá cheia de mofo, derramei as primeiras de muitas lágrimas com as quais prestei sinceras homenagens à memória de meu estimado tio.

Na primavera seguinte, nenhuma grama pálida e tampouco estranhas ervas daninhas brotaram no jardim do terraço da casa temida, e, logo depois, Carrington Harris alugou o local. Ainda é espectral, mas sua singularidade me fascina, e encontrarei misturado com meu alívio um estranho pesar quando a casa for demolida para dar lugar a uma loja de mau gosto ou um edifício de apartamentos vulgar. As velhas árvores inférteis no pátio começaram a produzir maçãs pequenas e doces e, no ano passado, os pássaros se aninharam em seus galhos retorcidos.

Impressão e Acabamento
Gráfica Oceano